MARQUÊS DE SADE

# *O marido complacente*

HISTORIETAS, CONTOS E EXEMPLOS

*Tradução e notas de* PAULO HECKER FILHO

www.lpm.com.br

Coleção **L&PM** POCKET, vol. 86

Texto de acordo com a nova ortografia.

Edição publicada pela L&PM Editores, em 1985, na Coleção "Rebeldes e Malditos"
Primeira edição na Coleção **L&PM** POCKET: janeiro de 1998
Esta reimpressão: novembro de 2014

*capa*: Ivan Pinheiro Machado
*Ilustração da capa*: gravura *L'Éventail brisé*, sobre original de Huet, final do séc. XVIII
*Tradução*: Paulo Hecker Filho
*Revisão*: Flávio Dotti Cesa e Delza Menin

---

S125m

Sade, Donatien Alphonse François, marquês de, 1740-1814.
    O marido complacente / Marquês de Sade: tradução e notas de Paulo Hecker Filho. – Porto Alegre: L&PM, 2014.
    208 p. ; 18 cm. – (Coleção L&PM POCKET; v.86)

    ISBN 978-85-254-0817-4

    1.Ficção francesa-Contos. 2.Sade, Marquês de, 1740-1814. I.Título. II. Série.

                                                CDD 843.1
                                                CDU 840-34

---

Catalogação elaborada por Izabel A. Merlo, CRB 10/329.

© da tradução, L&PM Editores, 1997

Todos os direitos desta edição reservados a L&PM Editores
Rua Comendador Coruja 314, loja 9 – Floresta – 90.220-180
Porto Alegre – RS – Brasil / Fone: 51.3225.5777 - Fax: 3221.5380

Pedidos & Depto. Comercial: vendas@lpm.com.br
Fale conosco: info@lpm.com.br
www.lpm.com.br

Impresso no Brasil
Primavera de 2014

*O marido complacente*

OBRAS DO AUTOR NA COLEÇÃO **L&PM** POCKET:

*Os crimes do amor*
*O marido complacente*

# Índice

Prefácio – Convite ao prazer .......................................7

Historietas

A serpente..................................................................19
A gasconada ..............................................................20
Abençoada simulação. ..............................................22
O rufião punido. .......................................................24
O bispo atolado. ........................................................28
O fantasma. ...............................................................28
Os oradores provençais. ...........................................31
Vai assim mesmo......................................................34
O marido complacente. ............................................35
Aventura incompreensível atestada por toda uma
    província. ............................................................36
A flor do castanheiro. ...............................................40

Contos e Exemplos

O preceptor filósofo .................................................45
A pudica ou o encontro imprevisto .........................47
Emília de Tourville ou a crueldade fraterna.............54
História da srta. de Tourville....................................56
Augustina de Villeblanche ou o estratagema
    do amor. ...............................................................78

Faça-se como requerido ..................................................91
O presidente ludibriado.................................................93
Talião.............................................................................160
O corno de si mesmo ou a conciliação inesperada ...164
Há lugar para dois. ......................................................173
O marido castigado ......................................................176
O marido padre .............................................................182
A castelã de Longeville ou a mulher vingada. .........189
Os gatunos......................................................................196

Prefácio
## CONVITE AO PRAZER

*Paulo Hecker Filho*

Nenhum outro escritor foi tão indomável nem tão condenado quanto o Marquês de Sade.

Como muitos, ele só pensa em sexo, e um sexo, o seu, bem antissocial, a usar, discricionariamente, os parceiros, anulando-os como individualidades, às vezes a chicotadas, mas sem excluir o veneno, o canivete, a cera quente e outras mumunhas. Como só ele, teve a audácia, ou o talento, de advogar com ardor e constância esse sexo que o identificava, enfim particular como o de qualquer outro, já que, na prática, o sadismo é tão limitado pela resistência alheia que antes permanece imaginário.

Mas, se a advocacia não convence, a paixão que nela põe é eruptiva. Produz fácil e velozmente uma obra que não raro se caracteriza pelo estilo direto da necessidade. Entrou mania nisso, mas se trata dum estilo superior, durável. Pôde hibernar cem anos, vilipendiado, até que o poeta Apollinaire, neste século, o redescobrisse, inclusive para um permanente sucesso de vendas. É um estilo que não enfeita, pois Sade, também como escritor, bate.

Pena que demais na mesma tecla. Sua preferência sexual é, a seu ver, um dado da natureza, portanto como todo o direito, pois o natural é a lei, a base sólida da ética. Na linha do pensamento de seu tempo, professa-se ateu, empírico, lógico. Natureza e razão são tudo. E como a natureza é, a despeito de considerações, conclui que só reconhece seu interesse e prazer, como se fosse uma pessoa para tê-los, como os tem o seu sexo. Fora da fraqueza e da hipocrisia, incumbe obedecer ao sexo, que nunca é louco porque é natural. O ideal ético de um homem que se respeita, como ele, é fazer o que entende na cama.

Isso pode ser lógico, mas de araque. Lê-se o que se quer na natureza, justamente por não ser sentido, que é do homem, mas dado, numa ética. O homem se inventa na história, o que são outros quinhentos. Sade não pode ignorar isso todo o tempo e resulta que seus alegados evocam uma série de lugares-comuns, a brigar entre si, e a conhecida série de seus inaceitáveis lugares incomuns, continuando a briga. Mas, como enfim é a paixão que transforma as ideias na verdade de cada um, a dele não precisou de mais coerência que isso para se autonutrir furiosamente contra os outros. Sua verdade é exorbitante, não se dosa pela realidade, que é sempre mais dos outros. Ela, ou seu sexo, tendia antes a esmagar os outros que a lhes dar crédito.

Só que os outros não estão aí para ser esmagados e o puseram nas maiores frias. As vítimas e seus parentes reagiam, o denunciavam às autoridades. Além da eterna pornografia sádica, publicava ressentidas calúnias, como a novela *Zoloé* contra Josefina. Era um caso de polícia, e essa não se omitiu. Chegou inclusive a ser condenado à morte à revelia e, já no Novo Regime, ia ser guilhotinado, mas deu sorte, não o acharam nas prisões em que podia estar... Isso para não falar em seus inimigos póstumos, abusados pelo seu elitismo petulante a sonhar com crimes.

Não dá o braço a torcer, mas paga, o acusam, perseguem, infernizam, passa trinta anos na cadeia. A certa altura, nem evita os riscos a ponto de parecer que quer ser punido. No mínimo, não se torna no cárcere menos ele mesmo. Aí se revela o escritor. Antes é apenas homem de gosto, habituado a ler e escrever, como tantos jovens bem-nascidos da época. Uma pena longa é que lhe abre o veio desde então inestancável da vingativa autodefesa amenizada pela realização sexual imaginária. Pôde enfim escrever o que antes mais concebia, já por dar tanto problema a realizar. Admite-se que troque essa intensa vida no papel pelas incertezas do viver, ou ser fiel em ato a um sexo tão exigente.

Encerrado, não corre o risco de ser preso, pode dizer tudo e só escreve e come. Acaba com um corpo descomunal e uma obra não menos. Manuscritos se perderam, outros foram destruídos pela polícia ou seus descendentes, mas o que sobrou é um porre, uma porrada. Seus longos romances, como *Os 120 dias de Sodoma* ou *A marquesa de Ganges*, acumulam cenas sexuais e sádicas dum modo que, parece, só não se torna monótono mecanismo para o forçado abstinente que as concebeu... A preocupação com os detalhes de cada orgia que orquestra, como se os tivesse gozando, o que provavelmente estava, impede que se detenha nos personagens e os olhe, os veja viver para fazer viver. Os lapsos de vida que esses tenham logo se perdem nas renovadas descrições sexuais, ficam meras fachadas, meros nomes que não oferecem ao leitor suficiente humanidade para que possa, em parte ao menos, se identificar com eles e tomar parte em seus ágapes. A rigor, Sade fracassa não só como romancista, também como pornógrafo, quem diria!

No entanto é um ficcionista. Nos próprios romances, mas mais nos contos, tem lampejos de criação narrativa, põe a viver com traço seguro situações e personagens. Mas acerta meio incidentalmente, não é o que mais busca, tanto que interrompe a qualquer hora a narração para perorar a favor de sua causa ou sexo. Desde que dramáticos, e os de Sade costumam ser, podem se admitir discursos na ficção. Mas ele é pessoal demais, e assim até sua eloquência acaba nos afastando. Tanto barulho por um gozo tão problemático, cálmate corazón!

Ao escritor atrapalha menos a própria pessoa nos relatos curtos, e menos ainda nos curtíssimos, que não dão margem a divagações. Contos de relativa extensão, como a primeira *Justine, ou os infortúnios da virtude* e alguns dos *Crimes do amor*, com destaque para *Eugênia de Franval*, e mais ainda os breves ou brevíssimos deste volume, se desligam melhor das obsessões do autor para serem mais contos e interessar amplamente.

Estas *Historietas, contos e exemplos*, de que mantivemos o título emprestado a um dos contos, *O marido complacente*, já popularizado na França nas edições de bolso, foram escritas em 1787/88 nada menos que na Bastilha, o famoso cárcere cuja tomada em míseros cinco anos encetaria a grande Revolução. Mas não se afobem com política porque o marquês corre por fora. Proclama-se republicano, mas não se era marquês impunemente: vê o mundo do alto de sua classe privilegiada. Nem teria sido tão Sade ou tão sádico, se ser nobre não fosse encarar os que não o eram nunca como iguais, e no fundo instrumentos do sujeito que é o nobre ou de seus desejos. Isso nem se disfarça em tudo o que escreve o grande cara de pau. Neste volume, em particular, na *Castelã de Longeville*, ele afronta sorrindo nossos preconceitos democráticos, aliás uma intervenção recente, que a bem dizer começa com Rousseau. Mas, felizmente, tão vitoriosa que a Castelã ou o passado já nos arrepiam.

Recordar alguma data, alguma biografia, facilitará a esta altura. Vamos, pois, nascer a 2 de junho de 1740, em Paris, Donatien Alphonse François, marquês de Sade. São estrelas-guias da época, não para ele mas sempre um pouco, Voltaire (1694-1778), Rousseau (l7l2-1778), Diderot (l7l3-1784); Goethe, poesia e moral que ainda vigoram, fecundam, é só nove anos mais moço (l749-1832). Estuda com os jesuítas e, aos quinze, é subtenente na infantaria do rei, aos dezessete, capitão da cavalaria, e toma parte na Guerra dos Sete Anos. Casa aos 23 com a filha de um presidente da corte de Aides, de que, apesar da vida aventureira que leva, conseguirá ter dois filhos e uma filha. Ela contemporiza com ele, o ajuda, só vindo a se divorciar em 1790, apesar da mãe, a presidenta de Montreuil, que se tornará inimiga do genro, lhe negando o apoio de sua fortuna. Em compensação, dele receberá talvez a maior massa de insultos escritos da história...

Cinco meses depois das bodas, nosso bonito rapaz – então era – é recolhido quinze dias por libertinagem, blasfêmias, profanação da imagem de Cristo. Em 68, leva uma pedinte, Rose Keller, à casinha que mantém para encontros em Paris. Submete-a a flagelações e a encerra um quarto, de onde ela escapa e apresenta queixa. A rica sogra paga alta quantia para Rose desistir, e o tribunal de Paris, ao gosto de Sade, como se verá por este volume, o condena apenas a uma retratação, embora fique alguns meses preso por ordem do rei.

Mas é a 27 de junho de 72, de passagem por Marselha, que ocorrem os fatos que dão margem à sentença que neste volume tanto profligrará. Vai de manhã, com o criado Latour, ao quarto de quatro profissionais. Flagelações mútuas, e o que para o marquês é o máximo: Latour o sodomiza enquanto ele se serve de uma moça. Instada pelo marquês, ela come bombons de cobertura com cantárida, que seria um afrodisíaco. À noite, Sade vai a outra profissional que, mais gentil ou gulosa, come todos os bombons que ele lhe oferece. Tem em seguida vômitos fortes, se julga envenenada, a polícia fica a par, e também dos acontecimentos da manhã. Na madrugada seguinte, o marquês escapa para a Itália, na companhia da cunhada, que apresenta e usa como esposa. O Tribunal da Provença acaba condenando-o por envenenamento e sodomia, devendo-se lembrar de que, na época, a pena para essa prática hoje tão inocentada era nada menos, mesmo se praticada com mulher, que a morte na fogueira. A 12 de setembro, Sade é executado em efígie numa praça de Aix. Não há retratos dele, mas, por um depoimento no processo, continuava bonito aos 32 anos: "Bela figura de rosto cheio, 1 e 72 de altura, talhe elegante".

A pedido da sogra e por ordem do rei da Sardenha, é preso e conduzido à fortaleza de Miolans, de onde foge seis meses depois. No seu castelo de La Coste, de 74 a 77, compõe serralhos, organiza orgias, é acusado por sevícias e desaparecimento de pessoas. Contrata belos criados e criadas para todo o serviço... Chega a importar cinco meninas de Lião e Viena. Teve bases no real a ideia, que se diria mera ficção dos *120 dias de Sodoma* e outros relatos seus, de reunir num recinto fechado e impune uma companhia minuciosamente preparada para pôr em prática as cenas sexuais imaginadas...

A presidente obtém contra ele uma ordem punitiva do rei (*lettre de cachet*) e, passando Sade por Paris em fevereiro de 77, é encerrado em Vincennes. Em junho do ano seguinte, é levado a Aix, onde a sentença de morte é anulada pela inexistência do envenenamento. Judicialmente está livre, não pelo rei. Evade-se, mas para voltar a seu castelo e ser facilmente recuperado. Dessa vez por mais de onze anos, firmando o escritor. Compõe os *120 dias, Alina e Valcourt*, a primeira *Justine*, estes contos, enfim, sua obra. Perde o bom aspeto, o cabelo branqueia, engorda, adquirindo, segundo as próprias palavras, "por falta de exercício, uma corpulência tão enorme que mal pode se mexer".

Com a abolição das *lettres de cachet*, é liberado em 90. Presidente de uma seção, a Nova Ordem o devolve às grades em 93, imaginem, por moderado... Transferido de cela várias vezes, não é encontrado quando, no ano seguinte, o buscam a propósito de um requisitório coletivo de Fouquier-Tinville que o levaria à guilhotina. Solto ainda em 94, volta a ser confinado em 1801, pela polícia de Napoleão, como autor das duas *Justine* e de *Julieta*. Levado para o hospício de Charenton, o compreensivo diretor permite que organize representações teatrais, a que vêm inclusive elegantes de Paris. Falece a 2 de dezembro de 1814. Por decisão da família, nenhum nome é gravado na lápide.

Estou indo depressa – isto é só um prefácio –, mas que vida! Um romance. Aliás, já bastante bem escrito pelo americano Guy Endore, especializado na história literária da França: *Satan's, Saint*, 1965, publicado entre nós com o título de *Sade: o santo diabólico*. Dez anos antes, no entanto, esse romance da vida de Sade tinha sido desmistificado, humanizado pela inteligente análise de Simone de Beauvoir no ensaio *É preciso acabar com Sade?*, em Privilèges, e que saiu também entre nós como prefácio a *Os crimes do amor*. Quem quiser saber mais da história olhe esses dois volumes e, se enrabichar, busque os muitos estudos dos admiradores em massa do marquês Maurice Heine e Gilbert Lely. *A vida de Sade* desse ocupa vários tomos, mas compendiou as principais descobertas de suas pesquisas num *Sade* de bolso. Lely tem boas intenções, pretende respeitar a verdade, mas o resultado geral é hagiográfico. Nem por isso menos imprescindível a quem quiser estar a par do que hoje se pode saber do que de fato aconteceu nessa vida.

Os presentes contos foram editados apenas em 1926 por Maurice Heine, na grafia original, de acordo com o manuscrito 4.010 da Biblioteca Nacional em Paris. Só mais tarde Lely os reedita atualizando o francês, e avisa que se trata de um primeiro jato, corrigido às pressas pelo autor. Pode ser um inconveniente para os puristas de lá, mas imagino que não se note numa versão que se deu tempo. De fato, não fui servil, aliviei o peso de certas convenções formais em desuso, dividi com pontos períodos de longos parágrafos, podendo dificultar o acompanhamento, apesar da costumeira clareza do autor, evitei um pouco a constante repetição de expressões e termos. Verti estes contos por ter gostado deles, de sua graça maliciosa. Era o importante e busquei ser ágil para não perdê-la. Mas me mantendo sempre fiel. Não inventei, compreendi.

Ainda umas observações sobre estes títulos em particular. Heine registra que, numa lista de recapitulação, Sade indica como o tema de *Emília de Tourville* a "sodomia", e comenta que isso "justifica a estreita solidariedade dos irmãos contra a irmã, sua ferocidade em relação a ela, e faz do suplício que lhe infligem o condimento sangrante do prazer deles". Não convence muito, mas sempre enriquece o possível sentido desse relato.

Lely julga obra-prima *O presidente ludibriado*, quando a bruta e continuada humilhação do protagonista, nem mesmo verossímil, chega a constranger. Mas, tentando ver a razão de um crítico sutil como ele, me ocorre um novo ângulo para admirar. Os dois algozes, o marquês e o conde, são monstros, vá, mas suas mulheres, em matéria de monstruosidade, são duas recordistas. Levando em conta que um dos temas prediletos da ficção – não fosse ela escrita em geral por homens – tem sido retratar a ruindade das mulheres, as irmãs Téroze constituem uma criação rara. E como o diabo gosta, sem perder em nada da alegria e da beleza.

Mas o destaque neste livro são os contos breves, onde irrompe o contista nato, a desejar o tema com a expressão mais simples e insubstituível, como na linha dos velhos contos tradicionais e dos autores mais duradouros, de Boccaccio a Maupassant. Sade, sempre tão preso a si, se defendendo, se esquece aqui bastante para ser empolgado por um gênero, por seu talento para ele. Não falta nem sobra nada, por exemplo, em *O preceptor filósofo* ou nos dois textos com o mesmo assunto *O marido complacente* e *Faça-se como requerido*. Ao passo que no mais longo, *O marido castigado*, de tema ainda próximo, a adesão do leitor é menos certa. Mas em *Augustina de Villeblanche*, que é compridinho, se desliza rindo por achados irretocáveis. Isto: quando Sade só conta o caso, conta-o com brilho. Um brilho que aqui, diferente de seus outros livros, se renova praticamente a cada página, fazendo deste volume o mais divertido dos que escreveu.

Imagino que o leitor seja dos bons e, já que pagou bem pelo livro, queira tirar tudo dele, não lhe poupando nem o prefácio... Pois bem, terminou. Pode passar ao prazer.

# HISTORIETAS

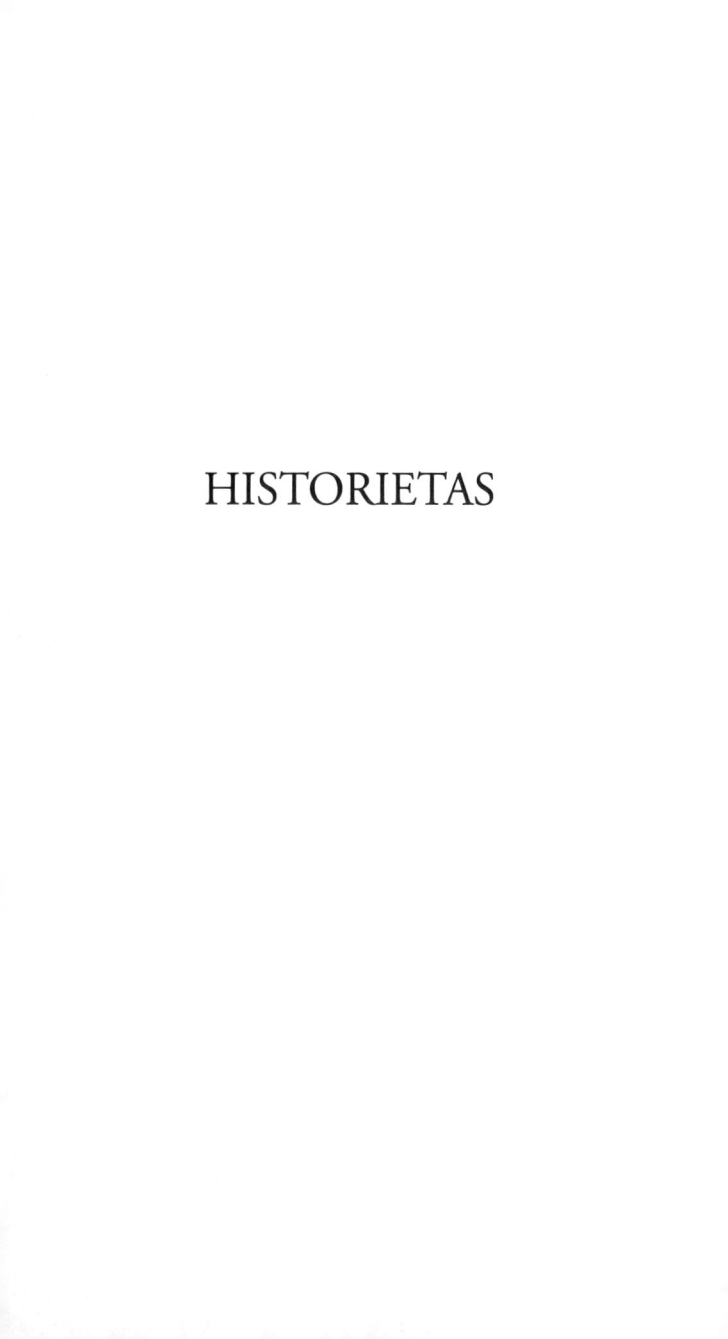

## A SERPENTE

Todo o mundo conheceu no início deste século a sra. presidenta de C..., umas das mulheres mais amáveis e a mais bonita de Dijon, e todo o mundo a viu afagar e manter publicamente em sua cama a serpente branca, que é o tema desta anedota.

– Este animal é o melhor amigo que possuo – dizia um dia a uma senhora estrangeira que veio visitá-la e se mostrou curiosa da razão dos cuidados que a bela presidenta tinha por sua serpente. – Outrora amei com paixão – prosseguiu – um jovem encantador, forçado a se afastar de mim por obrigações militares. Fora outros modos de nos comunicarmos, exigiu que fizesse como ele e em determinadas horas, cada um por si, fosse para um lugar solitário para pensar exclusivamente em nosso afeto recíproco. Uma vez, às cinco da tarde, indo me fechar numa estufa de flores ao fundo do jardim, mantendo o nosso trato, percebi de repente a meus pés este animal, embora nenhuma espécie semelhante pudesse entrar na propriedade. Quis fugir, a serpente se estendeu diante de mim como a pedir misericórdia e me jurar que estava longe da ideia de me fazer mal. Parei, observei-a. Vendo-me tranquila, se aproximou, fez cem voltas muito ágeis a meus pés, não pude me impedir de tocá-la, passou delicadamente a cabeça na minha mão, peguei-a, pus sobre os joelhos, onde ela se enrolou e pareceu dormir. Uma preocupação me veio, lágrimas me subiram aos olhos sem que sentisse e molharam o belo animal. Despertado por minha dor, me observou, gemeu, ergueu a cabeça até meu seio, acariciando-o, e voltou a descer, desfeito. Ó céu sagrado, aconteceu, gritei, meu amante morreu! Deixei o funesto lugar, levando comigo a serpente a que um sentimento oculto parecia me ligar, a despeito de mim mesma. Fatais advertências de uma voz desconhecida de que interpretará como quiser os sinais, sra., mas oito dias depois soube que meu amigo tinha sido morto na hora em que a serpente me apareceu. Nunca quis me separar dela, e já não me deixará enquanto viver. Depois me casei, mas com a expressa condição de a não tirarem de mim.

Terminando de falar, a amável presidenta agarrou a serpente contra o peito e a fez dar cem belas voltas ante a dama que a interrogava.

Como são inexplicáveis teus desígnios, Providência, se essa história é real como assegura toda a província da Borgonha!

## A GASCONADA

Um oficial gascão obteve de Luís XIV uma gratificação de cento e cinquenta pistolas e, com a ordem na mão, entra, sem se anunciar, em casa do sr. Colbert, que estava na mesa com outras pessoas.

– Quem dos senhores, por favor – diz com o sotaque que lhe mostrava a origem –, é o sr. Colbert?

— Eu — responde o ministro —, em que posso servi-lo?

— Um nada, apenas uma gratificação de cento e cinquenta pistolas que é preciso me pagar no ato.

O sr. Colbert, que viu que o personagem podia divertir, lhe pede licença para acabar de jantar e, para que ele se impaciente menos, convida-o a sentar-se.

— Com prazer — responde o gascão —, tanto mais que ainda não jantei.

Finda a refeição, o ministro, que tinha tido tempo de avisar o funcionário encarregado, diz ao oficial que pode subir ao escritório, onde o dinheiro o aguarda. O gascão vai, mas lhe entregam apenas cem pistolas.

— Está brincando — diz o funcionário —, não vê que a minha ordem é de cento e cinquenta?

— Sr. — respondeu o amanuense —, vejo perfeitamente a ordem, mas retenho cinquenta pistolas pelo seu jantar.

— Cinquenta pistolas! Me custa vinte soldos na pensão.

— Pode ser, mas aí não tem a honra de jantar com o ministro.

— Seja — diz o gascão —, mas nesse caso guarde tudo, pois amanhã trago um dos meus amigos e ficamos quites.

A resposta e a brincadeira que a ocasionou divertiram por um instante a corte. Cinquenta pistolas foram acrescidas à gratificação do gascão, que voltou triunfante à sua terra, gabando os jantares do sr. Colbert, Versalhes e o modo como aí recompensam as gasconadas.

# Abençoada simulação

Há muita mulher imprudente que imagina que, desde que não dê tudo, pode, sem ofender, o marido, se permitir qualquer galanteria. Desse modo de ver as coisas, não raro resultam consequências mais perigosas do que se a queda fosse completa. O que aconteceu à marquesa de Guissac, mulher de relevo social em Nimes, no Languedoc, é uma prova dessa regra.

Louca, estabanada, alegre, cheia de espírito e delicadeza, a sra. de Guissac acreditou que algumas cartas amorosas, escritas e recebidas entre ela e o barão d'Aumelas, não levariam a nada, primeiro por ficarem ignoradas, mas se, infelizmente, fossem descobertas, ela não seria recriminada, podendo provar inocência ao marido. Enganava-se. O sr. de Guissac, ciumento em excesso, desconfia da relação, interroga uma doméstica, consegue uma carta. Nela não acha o que legitime seus receios, mas mais do que é preciso para alimentar suspeitas. Nesse cruel estado de incerteza, se mune de um revólver e de um copo de limonada e entra furioso no quarto da mulher.

– Fui traído, sra. – grita raivoso –, leia este bilhete que me esclareceu. Passou a hora das considerações. Deixo-lhe a escolha de sua morte.

A marquesa se defende, jura ao marido que ele se equivoca, que ela pode ser, é certo, culpada de imprudência, mas que sem dúvida não o era de um crime.

– Não me dominará mais, falsa – responde o marido irado –, não me dominará. Escolhe, anda, ou esta arma em seguida vai te tirar a luz.

A pobre sra. de Guissac, apavorada, decide pelo veneno, pega o copo e bebe.

– Pare – lhe diz o esposo quando ela já engoliu parte do líquido. – Não perecerá sozinha. Odiado, enganado por ti, que quer que eu me torne no mundo? – e bebe o resto.

– Ó sr. – exclama ela –, no estado terrível a que nos reduziu, um e outro, não me recuse um confessor, e que eu possa ao mesmo tempo beijar pela última vez meu pai e minha mãe.

Mandam em busca, na hora, das pessoas pedidas pela pobre mulher. Ela se lança nos braços dos que lhe deram a vida, a reafirmar que não é culpada. Mas que censura fazer a um marido que se julga enganado e que se pune tão cruelmente quanto a mulher, se matando? Trata-se apenas de desesperar, e as lágrimas vertem igualmente de todas as partes.

O confessor chega.

– Neste atroz instante da vida – diz a mulher –, quero, para consolo de meus pais e honra da minha memória, fazer uma confissão pública.

E se acusa em voz alta de tudo o que a consciência lhe reprova desde que nasceu.

O marido atento e que não escuta falar do barão d'Aumelas, certo de que num momento daqueles sua esposa não ousaria dissimular, se levanta no auge da alegria.

– Queridos pais – exclama, abraçando ao mesmo tempo o sogro e a sogra –, consolem-se e que sua filha me perdoe o medo que lhe dei; mas me pôs tão preocupado que era lícito que a preocupasse um pouco. Nunca houve veneno no que um e outro bebemos, fique ela tranquila, fiquemos todos, e que ela aprenda que uma mulher de fato honesta não apenas não deve fazer o mal, não deve sequer deixar que dele se desconfie.

A marquesa teve dificuldades para se repor. Tinha acreditado tanto que estava envenenada que a força de sua imaginação a havia feito já sentir todas as angústias de uma morte assim. Ergue-se trêmula, beija o marido, a alegria substitui a dor, e a jovem, demasiado castigada pela cena terrível, promete evitar no futuro até a mais leve aparência de problema.

Manteve a palavra, vivendo mais de trinta anos com o marido sem que nunca mais esse tivesse a menor censura a lhe fazer.

## O RUFIÃO PUNIDO

Ocorreu em Paris, sob a Regência, uma aventura bastante extraordinária para ainda ser contada hoje com interesse. De um lado, mostra um desregramento secreto, que nunca nada pôde esclarecer, e, de outro, três espantosos assassinatos, cujo autor jamais foi descoberto. Vejamos as conjeturas antes de referir a catástrofe, que teria sido preparada por quem a merecia. Talvez assim ela assuste menos.

Pretende-se que o sr. de Savari, velho solteirão, maltratado pela natureza com uma deformação das pernas, mas cheio de espírito, de convívio agradável, e reunindo em casa dele, à rua dos Déjeunerur, a melhor companhia possível, tinha pensado em usar sua casa para orgias de uma espécie bem particular. Mulheres e moças apenas de posição social que desejavam, à sombra de um sigilo profundo, gozar sem consequências dos prazeres da volúpia, achavam em sua casa certo número de associados prontos a satisfazê-las. Nada nunca resultara dessas relações de momento, de que uma mulher recolhia as flores sem correr o risco dos espinhos que acompanham em excesso esses arranjos, quando tomam a forma pública de um comércio regular.

A mulher ou a moça revia no dia seguinte o homem com que tinha tido contato na véspera, sem aparentar conhecê-lo e sem que esse parecesse distingui-la das outras mulheres. Assim, nada de ciúmes entre os casais, nada de pais irritados, nada de separações, nada de conventos, em suma, nada dos efeitos funestos que este gênero de assuntos implica. Difícil achar algo mais cômodo, mas o plano sem dúvida seria perigoso de pôr em prática atualmente. É de recear que sua exposição não desperte a ideia de sua vigência num século em que a depravação dos dois sexos franqueou todos os limites conhecidos, a menos que coloquemos junto a aventura cruel que redundou na punição de quem o inventou.

O sr. de Savari, autor e executor do projeto, que se restringia a ter apenas um criado e uma cozinheira para não aumentar as testemunhas das visitas à sua casa, viu chegar uma manhã um homem que conhecia e se propôs a almoçar com ele.

– Com todo o prazer – anuiu o sr. de Savari –, e, para lhe mostrar a satisfação que me dá, vou mandar lhe trazer o melhor vinho da adega.

– Um instante – falou o amigo, assim que o criado recebeu a ordem. – Quero ver se La Brie não nos engana. Conheço os tonéis, vou com ele para ver se de fato pega o melhor.

– Bem, bem – fez o dono da casa, tomando a brincadeira do melhor modo –, não fosse o meu estado, eu os acompanharia. Mas me agrada que vá conferir se esse malandro não nos induz num erro.

O amigo sai, entra na adega, pega uma alavanca, abate o criado, volta a subir em seguida à cozinha, deixa a cozinheira a dormir nos ladrilhos, mata até um cão e um gato que encontra à passagem, retorna à sala do sr. de Savari, que, incapaz por seu estado de se defender, se deixa esmagar como o seu pessoal, e o matador impiedoso, sem se perturbar, sem sentir um remorso da ação que praticou, detalha tranquilo, na página branca de um livro que acha em cima da mesa, a maneira como procedeu, não toca em nada, não leva nada, sai da casa, a fecha e desaparece.

A casa do sr. de Savari era muito frequentada para que essa sangria atroz não fosse prontamente descoberta. Batem, não respondem, mas, como é certo que o dono não pode estar fora, quebram-se as portas e se verifica a situação terrível do lar daquele infeliz. Não satisfeito de transmitir detalhes da sua ação ao público, o fleumático assassino havia posto sobre um relógio, ornado com uma caveira que tinha por divisa: *Olhe-a a fim de regrar sua vida,* um papel escrito em que se lia: *Olhe sua vida e não se surpreenderá com o fim dela.*

Uma ocorrência dessas não demorou em ter repercussão. Procuraram por tudo, e o único objeto achado tendo relação com a cena foi a carta de uma mulher, não assinada, dirigida ao sr. de Savari e contendo as seguintes palavras:

"Estamos perdidos, meu marido acaba de saber tudo, pense numa saída. Só Paparel pode acalmá-lo. Faça com que fale a ele, sem o que há pior a esperar".

Um Paparel, tesoureiro do encarregado extraordinário das guerras, homem amável e de convívio ameno, foi citado. Reconheceu que conhecia o sr. de Savari, mas que, de mais de cem pessoas da corte como da cidade que iam à casa desse, à cabeça dos quais se podia pôr o duque de Vendôme, era de todos um dos que o conhecia menos.

Várias pessoas foram presas e liberadas em seguida. Soube-se enfim bastante para deixar claro que o assunto tinha inumeráveis ramificações, e que, comprometendo a honra de pais e maridos da metade da capital, ia igualmente prejudicar um número infinito de gentes da classe mais alta; e, pela primeira vez na vida, nas cabeças mandantes, a prudência substituiu a severidade. Ficou-se por aí, de modo que nunca a morte desse infeliz, culpado demais sem dúvida para ser lamentado pelas pessoas honestas, encontrou um vingador. Mas, se essa perda não abalou o bem, é de crer que o mal se afligiu longamente. Além dos alegres cidadãos, que achavam tantas flores a colher na casa desse doce filho de Epicuro, as bonitas sacerdotisas de Vênus que, nos altares do amor, vinham diariamente queimar incenso, devem ter chorado a demolição de seu templo.

Mas vejam como tudo é regulado. Um filósofo diria ao ouvir essa narração: se, de mil pessoas que a ocorrência talvez tocou, quinhentas ficaram contentes, e outras quinhentas aflitas, a ação se torna indiferente; mas se infelizmente o cálculo dá oitocentos seres descontentes da privação dos prazeres causada pela catástrofe, contra apenas duzentos a ganharem com ela, o sr. de Savari fazia mais o bem que o mal, e o único culpado foi o que o imolou ao seu ressentimento. Deixo-lhes o tema a resolver e passo rapidamente a outro.

## O BISPO ATOLADO

É algo de singular a ideia que gente pia se faz das imprecações. Imaginam que letras do alfabeto arranjadas num sentido tal ou qual possam tão bem, num desses sentidos, agradar ou ultrajar infinitamente ao Eterno, e esse preconceito sem dúvida é dos mais poderosos de todos os que ofuscam as mentes devotas.

Entre essas pessoas que cuidam dos pontos nos is e nos jotas estava um velho bispo de Mirepoix, que passava por um santo no início deste século. Indo visitar um dia o bispo de Pamiers, sua carruagem atolou nos péssimos caminhos que separam as duas cidades. Tentou-se tudo, os cavalos não queriam mais saber.

– Monsenhor – disse por fim o cocheiro taxativo –, enquanto estiver aí, os cavalos não continuarão.

– E por quê? – quis saber o bispo.

– Porque é preciso que eu impreque, e Sua Grandeza a isso se opõe. Mas vamos dormir aqui, se não me permitir.

– Bom, bom – continuou o doce bispo, fazendo um sinal da cruz. – Vá, blasfeme, meu filho, mas bem pouco.

O cocheiro impreca, os cavalos puxam, monsenhor volta a subir... e se chega sem acidente.

## O FANTASMA

A coisa deste mundo a que os filósofos concedem menos fé é aos fantasmas. No entanto a ocorrência extraordinária que vou referir está autorizada pela assinatura de várias testemunhas e consta de respeitáveis arquivos. Tanto por essas circunstâncias como pela aceitação que teve em sua época, pode se tornar suscetível de ser acreditada.

Apesar do ceticismo de nossos estoicos, é de reconhecer-se que, se todas as histórias de fantasmas não são reais, ao menos há nessa aspetos extraordinários.

Uma gorda sra. Dallemand, que Paris inteira conhecia por mulher alegre, franca, ingênua e de bom trato, vivia, desde que enviuvara há vinte anos, com certo Menou, homem de negócios que morava perto de Saint-Jean-en-Grève. A sra. Dallemand se achava um dia jantando em casa da sra. Duplatz, mulher de sua classe e maneiras sociais, quando, em meio a uma partida que tinha começado ao sair da mesa, um criado veio pedir à sra. Dallemand para passar à sala ao lado, visto que um conhecido seu pedia com insistência para lhe falar sobre um assunto tão premente quanto importante. A sra. Dallemand pediu que esperassem, pois não queria interromper a partida. Mas o lacaio volta e insiste tanto que a dona da casa é a primeira a pressionar a sra. Dallemand a ir ver o que desejavam dela. Sai e reconhece Menou.

– Que assunto tão premente – lhe diz – pode fazê-lo vir me incomodar numa casa em que nem é conhecido?

– Um assunto essencial. E acredite que tinha de ser assim para que eu obtivesse de Deus a permissão de vir lhe falar pela última vez na vida...

A essas palavras, que não indicavam um homem em perfeito juízo, a sra. Dallemand se perturba e, fitando o amigo que não via há dias, se admira de estar tão pálido e desfigurado.

– Que há com o sr.? Quais os motivos do estado em que se acha e das coisas sinistras que está falando? Diga logo. Que lhe aconteceu?

– Nada além do ordinário, sra. Depois de sessenta anos de vida, é simples chegar ao porto; graças a Deus, cheguei. Paguei à natureza o tributo que todos os homens lhe devem. Só me reprovo tê-la esquecido em meus últimos instantes, e é dessa falta que venho lhe pedir desculpa.

– Mas, sr., bateu na campainha, não há um exemplo de absurdo semelhante. Volte a si ou chamo alguém.

– Não chame. Esta visita importuna não será longa, finda o prazo que o Eterno me concedeu. Escute minhas últimas palavras e é para sempre que nos deixaremos. Estou morto, digo-lhe, sra., e logo pode esclarecer a verdade disso. Tinha-a esquecido em meu testamento e venho reparar essa falta. Tome esta chave, vá em seguida à minha casa. Detrás da tapeçaria do meu leito, achará uma porta de ferro. Abra-a com a chave que lhe dou e pegue o dinheiro que está no armário fechado por essa porta. Estas quantias, desconhecidas de meus herdeiros, são suas, ninguém vai disputá-las. Adeus, sra., não me siga.

E Menou desapareceu.

É fácil imaginar quão preocupada a sra. Dallemand voltou ao salão da amiga. Foi-lhe impossível ocultar a razão...

– A coisa merece ser investigada – concluiu a sra. Duplatz –, não percamos um instante.

Pedem os cavalos, tomam o carro e vão à casa de Menou. Ele estava à entrada, a jazer no seu caixão. As duas mulheres sobem às peças íntimas, sendo a amiga do dono demasiado conhecida para ser barrada. Percorrem os quartos e chegam ao indicado. Acham a porta de ferro, abrem com a chave entregue, veem o tesouro e o levam.

Eis sem dúvida provas de amizade e de reconhecimento nada frequentes. Se os fantasmas apavoram, deve-se ao menos, hão de convir, perdoar os medos que hajam causado pelos motivos que os trazem até nós.

## Os oradores provençais

Apareceu, como se sabe, no reino de Luís XIV, um embaixador persa, na França. O príncipe gostava de atrair à corte estrangeiros de todas as nações, que pudessem admirar a sua grandeza e levar a seus países algumas centelhas dos raios de glória com que cobria os dois lados da Terra. O embaixador, ao passar por Marselha, foi recebido de modo magnífico. Nesse ponto, os magistrados da corte de Aix desejaram, quando ele chegasse lá, não ficar atrás de uma cidade acima da qual colocam a sua com bem pouca razão. O primeiro de todos os projetos passou a ser o de receber o persa. Discursar-lhe em provençal não era difícil, mas o embaixador não ia compreender nada. Essa dificuldade paralisou os trabalhos por muito tempo. Deliberavam. Não precisam muito para deliberar; um processo de camponeses, um grupo de comediantes, principalmente um caso com prostitutas, tudo isso são grandes projetos para esses magistrados ociosos, desde que não podem mais, como sob Francisco I, tratar a província a ferro e fogo e regá-la com ondas de sangue das infelizes gentes que a habitam.

Deliberava-se, pois, mas como chegar a traduzir esse discurso por mais que se deliberasse, não se achava um meio. Talvez no meio dos mercadores de atum, com suas jaquetas negras e todos sabendo mais línguas que o francês, se desse com alguém que falasse o persa. A arenga estava pronta; três famosos advogados tinham trabalhado nela seis semanas. No fim foi descoberto, na tropa ou na cidade, um marinheiro que tinha estado tempos no Levante e falava persa quase tão bem quanto seu dialeto provinciano. Deram-lhe instruções, aceitou o papel, pegou o discurso e o verteu com facilidade.

Chegado o dia, o taparam com um velho casacão de primeiro presidente, deram-lhe a maior peruca do tribunal e, à frente de todo grupo dos magistrados, ele se adianta para o embaixador. Os papéis foram mutuamente combinados, e o orador tinha sobretudo recomendado aos que o seguiam não o perder de vista e fazer absolutamente tudo o que o vissem fazer. O embaixador parou no meio da alameda onde se dispusera o encontro. O marinheiro se inclinou e, pouco acostumado a levar uma tão bela peruca na cabeça, com a curvatura a fez voar aos pés de Sua Excelência. Os magistrados, que tinham prometido imitá-lo, tiram suas perucas na hora e curvam com servilismo para o persa as cabeças peladas e não raro sarnosas. O marinheiro, sem se dar por achado, apanha seus cabelos, volta a se cobrir, e entoa a saudação. Exprime-se tão bem que o embaixador o julga natural de sua terra, ideia que o encoleriza.

– Desgraçado – exclama, levando a mão ao sabre –, não falarias assim a minha língua se não fosses um renegado de Maomé. É preciso que eu castigue a tua falta, que a pagues logo com a vida.

O pobre marinheiro tratou de se defender, mas não foi escutado. Gesticulava, imprecava, e nem um de seus movimentos se perdiam, todos eram repetidos com vigor pelo bando judicial que o precedia. Enfim, não sabendo já como sair da enrascada, lança mão de uma prova sem réplica: desabotoa a calça e põe aos olhos do embaixador a evidência de nunca ter sido circuncidado. O novo gesto é em seguida imitado, e eis, num golpe, quarenta ou cinquenta magistrados provençais, com a bragueta aberta, de prepúcio na mão, provando, como o marinheiro, que não havia nem um deles que não fosse cristão como São Cristóvão. Imagina-se fácil se as senhoras que observavam a cerimônia de suas janelas riram de uma tal pantomima. Enfim o ministro, convencido por razões tão pouco equívocas, vendo que o seu orador não era culpado e que de resto ele estava numa cidade de tolos, passa adiante dando de ombros e se dizendo sem dúvida a si mesmo: não me admira que esse pessoal tenha sempre um cadafalso armado – o rigor, que acompanha sempre a inépcia, deve ser o quinhão destas bestas.

Pretendeu-se fazer um quadro dessa nova maneira de dizer seu catecismo. Já tinha até sido desenhado, segundo a natureza, por um jovem pintor, mas a corte expulsou o artista da província e condenou o desenho ao fogo, sem se dar conta de que se fazia queimar a si mesma, já que retratada no desenho.

– Preferimos ser imbecis – proclamaram os graves magistrados. – E, mesmo que não preferíssemos, há tempos que assim nos demonstramos à França. Mas não queremos que um quadro leve isso à posteridade. Ela esquecerá essa gafe, se lembrará apenas de Mérindol e de Cabrières, pois honra mais o grupo ser assassino que tolo.

## Vai assim mesmo

Há poucos seres no mundo tão libertinos quanto o cardeal de..., de que me permitirão calar o nome, já que ainda existe são e vigoroso. Sua Eminência tem um trato em Roma com uma dessas mulheres cujo ofício é fornecer aos depravados objetos necessários ao alimento de suas paixões. Cada manhã, ela lhe traz uma menina de treze anos, catorze no máximo, mas de que monsenhor não usufrui senão deste modo incongruente de que os italianos fazem em geral suas delícias, mediante a qual a virgem, saindo das mãos da Eminência tão virgem quase quanto entrou, pode ser revendida como nova uma segunda vez a algum libertino mais convencional. A matrona, perfeitamente a par das regras do cardeal, não tendo um dia à mão o objeto a fornecer diariamente, imaginou vestir de menina um bonito rapazinho do coro da igreja do chefe dos apóstolos. Arrumaram-lhe os cabelos, um gorro, saias e todo o aparato ilusório que devia impô-lo ao santo homem de Deus. Não puderam lhe dar o que de fato lhe asseguraria uma parecença total com o sexo que imitava, mas essa circunstância não embaraçou a matrona. – Ele nunca pôs na vida a mão aí – dizia às companheiras que a ajudaram no disfarce. – É certo que visitará apenas o que neste menino é igual a todas as mulheres do universo. Nada temos a temer.

Enganava-se. Ignorava sem dúvida que um cardeal italiano tem o trato delicado demais e o gosto demasiado treinado para se equivocar em coisas semelhantes. Chega a vítima e o grande padre a imola, mas, na terceira vez:

– *Per Dio Santo* – brada o homem de Deus –, *sono ingannato, questo bambino é ragazzo, mai non fu putana*!

Verifica. Mas havendo pouco de incômodo na situação para um morador da cidade santa, a Eminência prosseguiu, talvez se dizendo como o camponês a quem serviram trufas por batatas: vai assim mesmo. Finda a operação, disse à senhora:

– Não a censuro pelo seu engano.

– Desculpe, monsenhor.

– Mas não, não, lhe afirmo, não a censuro. Mas quando isso ocorra de novo, não esqueça de me advertir, porque... o que eu não vi na primeira aproximação, tratarei de ver.

## O MARIDO COMPLACENTE

Toda a França sabia que o príncipe de Bauffremont tinha mais ou menos o mesmo gosto que o cardeal de que acabamos de falar. Deram-lhe em casamento uma moça muito inexperiente e que, seguindo o costume, só foi instruída na véspera.

– Sem maiores explicações – disse a mãe –, porque a decência me impede de entrar em certos detalhes, não tenho senão uma coisa a lhe recomendar, minha filha. Desconfie das primeiras propostas que lhe fizer o seu marido. Diz-lhe firme: Não, sr., não é por aí que se toma uma mulher honesta; por qualquer outra parte que desejar, mas por aí não, por certo...

O casal se deita e, por um princípio de pudor e de uma honestidade que se estaria longe de suspeitar, desejando fazer as coisas em regra ao menos pela primeira vez, o príncipe oferece à mulher os castos prazeres do matrimônio. Mas a jovem, bem-educada, se lembra da lição:

— Por quem me toma, sr.? Imaginou que eu consentiria nestas coisas? Por qualquer outra parte que desejar, mas por aí não, por certo...

— Mas sra. ...

— Não, faça o que quiser, não me convencerá nunca.

— Bem, sra., é preciso satisfazê-la — diz o príncipe palmilhando seus lugares prediletos. — Ficaria aborrecido se dissessem que eu pretendi contrariá-la.

E que venham agora nos dizer que não vale a pena instruir as filhas sobre o que devem a seus maridos.

## Aventura incompreensível atestada por toda uma província

Não faz cem anos que ainda se tinha, em vários lugares da França, a fraqueza de crer que, se dando a alma ao diabo, com certas cerimônias tão cruéis quanto fanáticas, se obtinha tudo o que se quisesse desse espírito infernal. A aventura que vamos contar a esse propósito aconteceu há menos de um século numa de nossas províncias do Sul, onde continua hoje atestada pelos arquivos de duas cidades e endossada pelas testemunhas mais aptas a convencer os incrédulos. O leitor pode acreditar, pois falamos depois de ter verificado isso. Não garantimos o fato, mas certificamos que mais de cem mil almas creram nele, e que mais de cinquenta mil podem ainda atestar hoje a autenticidade com que se acha consignado em arquivos seguros. Permitam apenas que disfarcemos a província e os nomes.

O barão de Vaujour mesclava, desde tenra juventude, ao desregramento desenfreado o gosto das ciências, em especial das que induzem não raro o homem em erro, e lhe fazem perder em cismas e quimeras um tempo precioso que podia empregar de maneira bem melhor. Era alquimista, astrólogo, feiticeiro, necromante, mas bom astrônomo e físico medíocre. Aos vinte e cinco anos, o barão, dono de seus bens e de suas ações, tendo, pretendia, achado em seus livros que, sacrificando uma criança ao diabo, ao empregar certas palavras e contorções durante a execrável cerimônia, fazia-se o demônio aparecer e dele se obtinha tudo o que se desejasse. Bastava lhe prometer a alma, se determinando a esse horror sob a exclusiva condição de viver feliz até o décimo segundo lustro, nunca ter falta de dinheiro e possuir sempre até essa idade as faculdades no mais eminente grau de força.

Realizados esses arranjos e infâmias, eis o que sucedeu. Até os sessenta, o barão, que só tinha quinze mil libras de renda, gastou duzentas mil por ano e nunca fez uma dívida. Quanto a proezas de gozo, até a mesma idade pôde ter uma mulher quinze ou vinte vezes numa noite. Ganhou cem luíses aos quarenta e cinco anos com uns amigos que apostaram que não satisfaria vinte e cinco mulheres uma atrás da outra, rapidamente. Satisfez, e deixou os cem luíses para as mulheres. Houve um jogo depois de um outro jantar, e o barão, entrando, disse que não ia tomar parte por não ter dinheiro. Lhe ofereceram, mas recusou. Deu duas ou três voltas na sala enquanto jogavam. Veio, tomou lugar e pôs em uma carta dez mil luíses, que ia tirando em rolos dos bolsos. Os demais se detiveram e o barão perguntou por quê. Um de seus amigos disse brincando que a carta não estava bastante carregada. O barão lhe pôs em cima mais dez mil luíses. – Todas essas coisas constam em duas prefeituras de cidades respeitáveis e nós as lemos.

Aos cinquenta anos, o barão quis casar, e o fez com uma encantadora moça de sua província, com a qual viveu sempre muito bem, apesar das infidelidades demasiado na linha do seu temperamento para lhe serem cobradas. Teve sete filhos dessa mulher e os agrados dela o retinham crescentemente em casa. Morava com a família no mesmo castelo em que, na mocidade, fez o horrível voto de que falamos. Recebia homens de letras, apreciando sua convivência e diálogo. Mas, à medida que se aproximava do prazo dos sessenta anos, lembrando o pacto infeliz e não sabendo se o diabo se contentaria na ocasião em lhe tirar os seus dons ou se lhe furtaria a vida, seu humor mudava de todo, tornava-se cismarento e triste, e não saía quase mais de casa.

No dia prefixado, na hora exata em que o barão completava os sessenta anos, um criado lhe anuncia um desconhecido que, tendo ouvido falar de seus talentos, pede a honra de falar com ele. O barão, que nesse instante não pensava no que o vinha ocupando sem cessar há anos, mandou que o fizessem entrar para o escritório. Sobe a esse e se depara com um estrangeiro que, pelo modo de falar, lhe parece ser de Paris, um homem bem-vestido, de bela aparência, e que se põe em seguida a conversar com ele sobre altas ciências. A conversa se anima e o sr. de Vaujour propõe ao visitante um passeio juntos. O outro aceita e nossos dois filósofos saem do castelo. Sendo época, os camponeses trabalhavam nos campos, e uns, vendo o sr. de Vaujour falando sozinho, calculam que perdeu o juízo e vão avisar a sra. Ninguém responde no castelo, voltam e continuam a observar o patrão que, se imaginando a falar com alguém, faz os movimentos comuns no caso. Nossos dois sábios tomam uma aleia sem saída, a não ser voltando sobre os passos. Trinta camponeses puderam ver, trinta foram interrogados e trinta responderam que o sr. de Vaujour tinha entrado sozinho a gesticular nessa espécie de berço.

No fim de uma hora, a pessoa com a qual ele julgava estar lhe diz:

– Bem, barão, não me reconheces; esqueces o voto de tua mocidade, o modo com que o atendi?

O barão fremiu.

– Nada temas – prossegue o espírito com o qual ele dialoga. – Não sou dono de tua vida, mas posso dela retirar meus dons e tudo o que prezas. Volta para casa e verás em que estado se acha, com o justo castigo de tua imprudência e teus crimes. Amo os crimes, barão, desejo-os, mas minha sorte me constrange a puni-los. Volta para casa e te converte. Tens ainda um lustro a viver. Morrerás dentro de cinco anos, mas sem que a esperança de estar um dia com Deus te seja arrebatada, se mudares de conduta. Adeus.

E o barão, então, vendo-se só sem ter notado ninguém se afastar dele, regressa em seguida, perguntando aos camponeses que encontra se não o viram entrar no caminho com um homem de tal e tal aspeto. Cada um lhe responde que entrou sozinho e que, com a surpresa de vê-lo se mover como se estivesse acompanhado, foram até avisar a sra., mas não havia ninguém no castelo.

— Ninguém? — sobressalta-se o barão. — Mas estão lá seis criados, sete crianças, minha mulher!

— Não há ninguém, senhor — lhe asseguram.

Espantado, voa para casa. Bate, não respondem. Força a porta, entra. Sangue nos degraus lhe anuncia a desgraça que vai aniquilá-lo. Entra na sala grande e vê sua mulher, os sete filhos e os seis criados, todos degolados e no chão, em posições diferentes, em meio a ondas de sangue. Desfalece. Campônios, que depois depuseram, entram e veem o mesmo espetáculo. Socorrem o patrão, que volta aos poucos a si e lhes pede que prestem à infeliz família os últimos deveres, enquanto ele se dirige à Grande Cartuxa, onde morreu ao fim de cinco anos entre exercícios da mais alta piedade.

Nos coibimos qualquer reflexão sobre esse fato incompreensível. Existe, não pode ser negado, mas é inexplicável. Cumpre evitar crer em quimeras, mas, quando algo é universalmente comprovado e tem a singularidade do que foi descrito, cumpre baixar a cabeça, fechar os olhos e dizer: não entendo como os mundos flutuam no espaço; podem assim haver coisas também na Terra que eu não entenda.

## A FLOR DO CASTANHEIRO

Não afirmo, mas conhecedores querem nos persuadir de que a flor do castanheiro tem o mesmo odor que a semente prolífica que a natureza teve por bem colocar no homem para a reprodução de seus semelhantes.

Uma mocinha de uns quinze anos, que nunca tinha saído da casa paterna, passeava um dia com a mãe e um galante abade numa alameda de castanheiros, cujas flores perfumavam o ar com a suspeita fragrância que tomamos a liberdade de indicar.

– Meu Deus, mamãe, que cheiro estranho – observou a jovem, não se dando conta de onde vinha. – Sinta, mamãe, é um cheiro que eu conheço.

– Cala, filha, não digas coisas assim, te peço.

– Mas por quê, mamãe? Não vejo o mal de lhe dizer que esse cheiro me parece familiar; é mesmo.

– Minha filha!

– Mas conheço esse cheiro, mamãe. Seu abade, me diga, lhe peço, que mal há em afirmar que eu o conheço?

– Srta. – intervém o abade, arrumando a gola e aflautando a voz –, por certo o mal em si mesmo é pouca coisa, mas acontece que estamos debaixo de castanheiras, e que nós, interessados em botânica, admitimos que a flor do castanheiro...

– Sim, a flor do castanheiro?

– Bem, srta., é que ela cheira a esperma.

# CONTOS E EXEMPLOS

# O preceptor filósofo

De todas as ciências que se metem na cabeça de uma criança, quando se trata de educá-la, os mistérios do cristianismo, embora das partes mais sublimes dessa educação, não são no entanto das que se introduzam com mais facilidade nos tenros espíritos. Convencer, por exemplo, a um rapaz de catorze ou quinze anos que Deus pai e Deus filho são apenas um, que o filho é consubstancial ao pai e o pai ao filho, tudo isso, por necessário que seja à felicidade na vida, é mais difícil de fazer entender que álgebra, e quando se quer ter êxito se têm de usar certas comparações físicas, certas explicações materiais que, por desproporcionadas que sejam, sempre facilitam ao jovem a inteligência do objeto misterioso.

Ninguém estava mais compenetrado desse método que o sr. abade Du Parquet, preceptor do jovem conde de Nerceuil, com quinze anos e a mais bela figura que se pudesse ver.

– Sr. abade – dizia diariamente o pequeno conde ao professor –, a consubstancialidade está acima das minhas forças. Não posso entender como duas pessoas sejam apenas uma. Me explique esse mistério, peço, ou ao menos o ponha ao meu alcance.

O honesto abade, desejoso de se sair bem nessa educação e de facilitar ao aluno tudo o que pudesse se tornar para ele um dia um bonito tema, imaginou um meio agradável de aplainar as dificuldades que embaraçavam o conde, meio que, tomado na natureza, devia forçosamente dar resultado. Fez vir à sua casa uma menina de treze a catorze anos e, tendo bem instruído a pequena, a uniu ao seu jovem aluno.

– Bem, meu amigo – lhe falou –, concebe agora o mistério da consubstancialidade, compreende, sem muito esforço, como é possível que duas pessoas façam uma?

– Ah, meu Deus, abade – diz o encantador energúmeno –, agora entendo tudo com facilidade surpreendente. Não me admira que esse mistério faça, como se diz, toda a alegria das pessoas celestes, pois é doce, sendo-se dois, brincar de não ser senão um.

Dias depois, o pequeno conde pediu ao professor que lhe desse mais uma lição, pois afirmava haver ainda alguma coisa no mistério que não entendia bem e que não podia se explicar senão celebrando de novo a unidade, como o fizera uma vez. O complacente abade, que essa cena divertia tanto quanto o aluno, fez a mocinha voltar e a lição recomeçou, mas desta vez o abade, comovido pela deliciosa perspetiva que o bonito pequeno Nerceuil lhe mostrava ao se consubstanciar com a companheira, não pôde deixar de fazer o terceiro na explicação da parábola evangélica, e as belezas que suas mãos assim percorrem acabam logo por inflamá-lo inteiramente.

– Parece que isso vai depressa demais – diz Du Parquet pegando os rins do condezinho –, elasticidade demais nos movimentos, de modo que a conjunção não sendo assim tão íntima evidencia menos bem a imagem do mistério que se trata de demonstrar aqui... Vamos fixar, assim, desta maneira – diz o malandro devolvendo por sua conta ao discípulo o que esse emprestara à moça.

– Ai, Deus, como pisa, abade, e essa cerimônia me parece inútil. Que me ensina a mais sobre o mistério?

– Irra – balbucia o abade de prazer –, não vês, querido, que ensino tudo ao mesmo tempo? É a trindade, meu filho... a trindade que estou te explicando. Mais umas cinco ou seis lições dessas serás doutor da Sorbonne.

# A PUDICA
## OU O ENCONTRO IMPREVISTO

O sr. de Sernenval, com cerca de quarenta anos, possuía doze ou quinze mil libras de rendas que despendia tranquilamente em Paris, retirado do comércio de que outrora seguira carreira. Contentava-se, por toda distinção, com o honroso título de burguês de Paris e visava ser inspetor dos pesos e medidas. Tinha casado há poucos anos com a filha de um ex-colega de profissão. Nada de mais fresco, sólido, carnudo e branco de que a sra. de Sernenval. Aos vinte e quatro anos, não estava feita como as graças, mas apetecia como a mãe dos amores. Não tinha o porte de uma rainha, mas tanta volúpia no conjunto, olhos tão ternos e cheios de langores, boca tão bonita, garganta tão firme e arredondada e todo o resto tão apto a fazer nascer o desejo, que havia bem poucas belas mulheres em Paris que a ela se preferissem. Mas a sra. de Sernenval, com tantos atrativos no físico, tinha um defeito capital no espírito: uma austeridade intolerável, uma devoção cansativa e um pudor tão irrisoriamente excessivo que era impossível ao marido decidi-la a aparecer em suas reuniões.

Levando a carolice ao extremo, era raro que a sra. de Sernenval passasse uma noite inteira com o marido e, nos instantes mesmo em que concedia, era sempre com reservas e uma camisa que não tirava nunca. Um anteparo no pórtico do templo do himeneu não permitia a entrada de nenhum toque menos decente. A sra. de Sernenval se enfurecia se quisessem franquear os limites que sua modéstia impunha, e se o marido tentasse corria o risco de não recuperar as boas graças dessa sábia e virtuosa fêmea. O sr. de Sernenval ria de todas essas momices, mas, como adorava a mulher, lhe respeitava as fraquezas. Às vezes procurava dissuadi-la. De maneira clara, provava-lhe que não era passando a vida nas igrejas ou com os padres que uma mulher honesta cumpria de fato suas obrigações. Que os primeiros deveres são os da casa, por força negligenciados por uma beata, e que ela honraria bem mais os desígnios do Eterno vivendo honestamente no mundo que indo se enterrar nos claustros, que havia mais perigo com os garanhões de Madri do que com os amigos seguros de que ela recusara o convívio.

– É preciso a conhecer e amar como eu – acrescentava o sr. de Sernenval – para não ter preocupações com você durante todas essas práticas religiosas. Quem me assegura que não se deixa estar às vezes mais no macio contato das levitas que ao pé dos altares de Deus? Nada tão perigoso quanto os malandros desses padres. É sempre falando em Deus que seduzem nossas mulheres e filhas, e é sempre no nome Dele que nos desonram e enganam. Acredite, minha amiga, pode-se ser honesta em toda parte. Não é nem na cela do bonzo nem no nicho da imagem que a virtude ergue seu templo, é no coração de uma mulher prudente, e as decentes companhias que lhe ofereço nada têm que não se alie ao culto que deve a Deus. Passa por uma de suas sectárias mais fiéis; acredito, mas que prova existe de que merece essa fama? Acreditaria melhor se a visse resistir a ataques bem-preparados. A virtude se mostra mais não naquela que se furta a nunca ser seduzida, mas na bastante certa de si para se expor a tudo sem nada temer.

A sra. de Sernenval nada respondeu a isso, porque de fato a argumentação não tinha resposta, mas chorava, recurso comum de mulheres fracas, seduzidas ou falsas, e seu marido não ousou levar adiante o sermão.

As coisas estavam nesse pé quando um velho amigo de Sernenval, chamado Desportes, chegou de Nancy para vê-lo e ao mesmo tempo concluir alguns negócios que tinha na capital. Desportes era um vivedor, mais ou menos da idade do amigo, e que não aborrecia nenhum dos prazeres que a natureza benéfica permite ao homem usar para esquecer os males com que persegue. Não resiste à oferta de Sernenval de parar em sua casa, alegra-se em revê-lo e ao mesmo tempo se surpreende com a severidade da mulher que, ao saber que havia um estranho em casa, recusa-se a aparecer e não desce nem para as refeições. Desportes, julgando que perturba, quer se alojar noutra parte, mas Sernenval o impede e lhe conta enfim os ridículos de sua terna esposa.

– Temos de perdoá-la – dizia o marido crédulo –, compensa esses defeitos por tantas qualidades que obteve minha indulgência, e ouso pedir a tua.

– Sem dúvida – responde Desportes –, já que nada há de pessoal contra mim, lhe desculpo tudo, e os defeitos da mulher de quem sou amigo passam a meus olhos a serem qualidades.

Sernenval abraça o outro e se ocupam só de coisas agradáveis.

Se a estupidez de dois ou três ignorantes que dirigem há cinquenta anos em Paris a situação das mulheres públicas, em especial a de um tratante espanhol que ganhava no último reinado cem mil escudos por ano na espécie de inquisição de que se vai falar, se o vazio rigorismo dessa gente não tivesse tolamente imaginado que uma das maneiras de conduzir o Estado, uma das alavancas mais certas do governo, uma das bases, enfim, da moralidade, era ordenar a essas criaturas uma exata prestação de contas da parte de seu corpo que deleite mais o indivíduo que as corteje, que entre o que olhe um seio, por exemplo, ou o que contemple uma queda dos rins, haja decididamente a mesma diferença entre um homem honesto e um velhaco, e que quem caiu num ou noutro desses casos, seguindo essa moda, deve forçosamente ser o maior inimigo do Estado, sem essas desprezíveis banalidades, é certo que dois louváveis burgueses, de que um possui uma esposa beata e o outro é solteiro, poderiam ir passar à vontade uma hora ou duas em casa dessas moças. Mas, com essas infâmias absurdas a gelar o prazer dos cidadãos, nem veio à cabeça de Sernenval lembrar a Desportes esse gênero de diversão. Disso se apercebendo e ignorando os motivos, esse perguntou ao amigo por que, lhe tendo já proposto todos os prazeres da capital, desse não falara. Sernenval lhe contrapõe a estúpida inquisição, Desportes zomba a respeito e, não obstante as listas dos rufiões, os relatórios de inspetores, os depoimentos dos policiais e todos os demais ramos da rafuagem estabelecidos pelo chefe sobre essa seção dos prazeres do natural de Lutécia*, disse ao amigo que fazia questão de cear com prostitutas.

– Ouça – fez ver Sernenval –, de acordo, te sirvo até como cicerone, provando minha maneira tolerante de encarar o assunto. Mas, por uma delicadeza que espero não me reproves, pela consideração que devo à minha mulher e não está em mim superar, permitirás que não partilhe desses prazeres. Providencio-os para ti e fico nisso.

Desportes insiste um pouco com o amigo, mas, vendo-o decidido a não se deixar levar nesse ponto, concorda e saem.

A célebre S. J. foi a sacerdotisa em cujo templo Sernenval imaginou fazer o sacrifício do amigo.

– Precisamos de uma mulher segura – observa Sernenval – honesta. Este amigo para quem peço o seu cuidado está de passagem por Paris, não quer levar um mau presente para a província e fazer com que lá perca a sua fama. Diga francamente se tem o que ele precisa e o que deseja para lhe dar o gosto.

– Ah – fez ver a S. J. –, estou vendo a quem tenho a honra de falar. Não são pessoas como o sr. que enganarei. Trato-o com honestidade e minhas ações provarão quem sou. Tenho o que pede, é combinar o preço. A mulher é encantadora, uma criatura que o empolgará de saída, o que chamamos um prato de monsenhor. Sabe que os padres estão entre meus melhores fregueses, porque não lhes passo o que tenho de ruim. Há três dias que o bispo

---

* Antigo nome de Paris e hoje velho quarteirão da cidade da Cité. (N.T.)

de M. me deu vinte luíses, o arcebispo de R. fez ela ganhar cinquenta ontem e esta manhã ainda tirou trinta do coadjutor de... Ofereço-a por dez, cavalheiros, só para ter a preferência dos srs. Mas é preciso ser exato no dia e na hora, pois está na posse de um marido, e marido ciumento que tem olhos apenas para ela. Seus instantes são roubados e é preciso respeitar, estritamente, os que forem combinados.

Desportes pechinchou um pouco, pois nunca uma profissional ganhou dez luíses em toda a Lorena. Mas, quanto mais pedia um desconto, mais lhe valorizavam a mercadoria. Acabou concordando. No dia seguinte, às dez da manhã precisamente, se daria o encontro. Como Sernenval não ia participar do assunto, não se tratou mais de uma ceia juntos e ficava cômodo para Desportes resolver cedo aquela questão e ter o resto do dia para deveres mais essenciais a cumprir. Nossos dois amigos chegam na hora em casa da cativante intermediária, onde, num quarto elegante em que reina uma luz sombria e sensual, está a deusa a quem Desportes se imolará.

– Feliz filho do amor – lhe diz Sernenval o empurrando para o santuário –, voa aos braços que se estendem para ti, depois vem me contar como foi. Me alegrará a tua sorte e minha alegria será pura, pois nada te invejarei.

Nosso catecúmeno entra e três horas inteiras mal bastam a seu culto. Enfim retorna para afirmar ao amigo que nunca na vida viu algo de semelhante e que a própria mãe dos amores não lhe teria dado tantos prazeres.

– Ela é uma delícia, então – comenta Sernenval já meio inflamado.

– Uma delícia? Não acharia uma expressão para significar o que ela é. Mesmo neste instante depois, em que a ilusão se anula, sinto que não existe um pincel que possa pintar as torrentes de gozo em que ela me mergulhou. Junta às graças que recebeu da natureza uma arte tão sensual de as fazer valer, sabe pôr um sal tão genuíno no seu gozo que ainda estou ébrio... Ah, meu amigo, pega-a, te digo. Por acostumado que estejas com as belezas de Paris, estou certo de que me dirás que nunca nenhuma valeu o que essa vale.

Sernenval, sempre firme mas a esta altura curioso, solicitou à S. J. que fizesse a mulher passar diante dele quando saísse do quarto. Concordam e os dois amigos se põem em pé para a observar melhor, e a princesa passa altiva...

Céus! Sernenval se transtorna ao reconhecer a mulher, é ela... a pudica que não ousa aparecer ante um amigo do esposo e tem a desfaçatez de vir se prostituir numa tal casa.

– Miserável! – grita ele irado...

Mas em vão tenta deter a pérfida criatura. Ela o tinha reconhecido tão depressa quanto ele e correra da casa. Sernenval, num estado difícil de descrever, quer brigar com a S. J. Essa se desculpa pela ignorância e afirma a Sernenval que há mais de dez anos, isto é, bem antes do casamento do infortunado, a jovem tinha encontros em sua casa.

– A criminosa! – lamenta-se o esposo infeliz, que o amigo se esforça em vão por consolar. – Mas não, que isso acabe. Desprezo é tudo o que lhe devo. Que o meu a cubra para sempre e que eu aprenda, por esta provação cruel, que não é nunca pela hipócrita máscara das mulheres que se deve julgá-las.

Sernenval volta à casa e não encontra a sua devassa. Ela já tinha tomado a sua decisão, ele não se preocupou em alterá-la. O amigo, não ousando mais estar presente depois do sucedido, no dia seguinte lhe diz adeus. O infeliz Sernenval, isolado, tomado pela vergonha e a dor, escreveu um espesso volume contra as esposas hipócritas, o que não corrigiu as mulheres nem foi lido pelos homens.

## EMÍLIA DE TOURVILLE
### OU A CRUELDADE FRATERNA

Nada é sagrado numa família como a honra de seus membros, mas se esse tesouro se deslustra, por precioso que seja, os que estão interessados em defendê-lo o devem fazer a ponto de se encarregarem do humilhante papel de perseguir as desgraçadas criaturas que os ofenderam? Não seria razoável tornar proporcional os horrores com que atormentam a vítima à lesão, não raro quimérica, que se queixam de ter recebido? Qual enfim é mais culpado aos olhos da razão – uma moça fraca e enganada ou um parente qualquer que, por se erigir em vingador de uma família, se torna o carrasco dessa desventurada? O acontecimento que vamos pôr à vista de nossos leitores fará talvez decidir a questão.

O conde de Luxeuil, tenente-general, homem de cinquenta e seis a cinquenta e sete anos, voltava ao posto de uma de suas terras na Picardia quando, ao passar pela floresta de Compiègne, pelas seis da tarde de um fim de novembro, ouviu gritos de mulher, que lhe pareceram vir do lado de uma das estradas, perto da principal em que andava. Para e manda o criado que corria ao lado de sua cadeira ver o que ocorria. Comunicam-lhe que é uma moça de dezesseis a dezessete anos, afogada no próprio sangue, sem porém que se possa ver onde foi ferida, a pedir socorro. O conde desce, na hora, corre à infeliz e também tem dificuldade, no escuro, de ver de onde vem o sangue que ela perde. Pelas respostas que recebe, constata enfim que é da veia do braço, como de costume.

– Srta. – diz o conde depois de ter cuidado como pôde da moça –, não estou aqui para indagar os motivos de seu infortúnio, nem tem condições de os relatar. Vá na minha condução, lhe peço, e tratemos por ora você de repousar e eu de socorrê-la.

Dizendo isso, o sr. de Luxeuil, com a ajuda de seu criado de quarto, leva a pobre moça à cadeira dele, e prosseguem.

Mal a atraente criatura se viu em segurança, tentou balbuciar agradecimentos, mas o conde pediu que não falasse:

– Amanhã, srta., amanhã me contará, espero, tudo o que lhe diz respeito, mas hoje, pela autoridade que me dão a idade e a ventura que tive de lhe ser útil, lhe peço com insistência que não pense senão em se acalmar.

Chegam. Para não dar na vista, o conde tapa a protegida com um casacão de homem e a manda levar pelo criado de quarto para um cômodo alojamento no fundo de sua mansão. Recebe os beijos da mulher e do filho que o aguardavam para jantar, naquela noite, e vai olhar a moça.

Leva consigo um cirurgião e a notam num inexprimível abatimento. Sua palidez parece anunciar que lhe resta pouco a viver. No entanto não tinha nenhum ferimento. A fraqueza vinha, afirmou, da enorme quantidade de sangue que perdia diariamente há três meses.

Quando ia dizer ao conde a causa dessa prodigiosa perda, teve um desfalecimento e o cirurgião declarou que era preciso a deixar em paz, contentando-se em lhe dar restauradores e cordiais.

    Nossa jovem passou bem a noite, mas durante seis dias não esteve em condições de transmitir ao benfeitor a sua história. Enfim, no sétimo, com todo o mundo ainda ignorando na casa do conde que ela estava ali escondida, até ela, com as precauções tomadas, não sabendo mais onde estava, pediu ao conde que a ouvisse e fosse antes de tudo indulgente, não importavam as faltas que confessasse. O sr. de Luxeuil se sentou e afirmou à protegida que nunca deixaria de ter com ela a atenção que estava feita para inspirar. A bela aventureira começou então o relato de seus infortúnios.

### História da srta. de Tourville

Sou filha, sr., do presidente de Tourville, tão relacionado e estimado que deve conhecer. Há dois anos saí do convento e nunca abandonei a casa de meu pai. Como perdi a mãe cedo, ele se encarregava sozinho de me educar, e posso dizer que nada negligenciava para me prover de todos os agrados e graças de meu sexo. Essas atenções e o projeto que fazia de me casar o mais vantajosamente possível, talvez mesmo certa preferência, tudo isso logo despertou a inveja de meus irmãos, um com vinte e seis anos e presidente há três, o outro com vinte e quatro e conselheiro recente.

    Não calculava ser tão odiada por eles como hoje estou persuadida. Nada tendo feito para merecer tais sentimentos, vivia na ilusão de que acabariam retribuindo os que inocentemente eu lhes votava. Como me enganava! Fora o momento das lições, tinha, em casa do pai, a maior liberdade. Devia agir por mim mesma e ele não me constrangia em nada. Já há um ano e meio, tive mesmo licença para passear de manhã, com a criada de quarto, pelo largo das Tulherias ou pelo forte perto do qual morávamos. Com ela, a pé ou numa viatura de meu pai, podia mesmo visitar amigas e parentes, desde que não em horas em que uma moça chamasse a atenção. A razão das minhas contrariedades vem dessa liberdade funesta. Por isso lhe falo nela, sr., antes nunca a tivesse tido.

Há um ano, num passeio desses com minha criada que se chama Júlia, íamos por uma ruazinha das Tulherias, onde pensava estar mais só que no largo e respirar um ar mais puro. Seis jovens loucos se aproximam e nos fazem propostas, a uma e outra, como se fôssemos o que se chama de prostitutas. Embaraçadíssima com a cena, não sabendo como escapar, ia tentar fugir, quando passa um rapaz que costumava ver seguido a andar pela rua na mesma hora que eu e da aparência mais distinta.

– Sr. – gritei, chamando-o –, não tenho a honra de conhecê-lo, mas nos encontramos todas as manhãs e o que viu de mim deve lhe ter convencido de que não sou uma aventureira. Suplico-lhe que me dê a mão e leve em casa, me livrando desses bandidos.

O sr...., permita que não diga o seu nome, tenho razões, acorreu em seguida, afastou os malandros, lhes persuadindo do erro que cometiam com a polidez e o respeito com que me tratou, me deu o braço e saímos dali.

– Srta. – disse, pouco antes de chegar à nossa porta –, creio prudente a deixar aqui, pois, se for até a sua casa, vai ser preciso explicar e talvez daí venha a proibição de passear sozinha. Não conte o que ocorreu e continue a vir como tem feito pelos mesmos lugares, já que isso a diverte e seus pais permitem. Não faltarei um dia e me achará sempre pronto a dar a vida, se preciso, para me opor a que perturbem a sua tranquilidade.

Aquela precaução e essa oferta tão tocante me fizeram olhar o jovem com mais interesse do que tinha pensado em fazer até o momento. Com dois ou três anos a mais que eu, era de sedutor aspeto. Enrubesci ao lhe agradecer, e os traços quentes deste deus que fez minha desventura penetraram na hora em meu coração, sem que tivesse tempo de me opor. Nos separamos, mas julguei pela maneira com que me deixou que produzira nele a mesma impressão que tinha produzido em mim. Entrei em casa de meu pai, não contei nada e no outro dia voltei à mesma rua, levada por um sentimento mais forte que eu mesma e que me fez afrontar os perigos que ali pudesse deparar. Mais que isso, talvez os desejando para ter o prazer de ser liberada pelo mesmo homem... Lhe pinto minha alma, sr., talvez com excessiva franqueza, mas me prometeu tolerância e cada novo lance da minha história vai lhe mostrar que dela necessito. Não é a única imprudência que me verá fazer, não será só essa vez que precisarei da sua piedade.

O sr. de... surgiu no lugar da véspera seis minutos depois de mim, vindo a mim ao me ver:

– Deixe que ouse lhe perguntar se a ocorrência de ontem não teve repercussão e lhe causou algum inconveniente?

Afirmei que não, que tinha aproveitado seus conselhos e lhe agradecia, contente com que nada estragasse o prazer que tinha em vir assim respirar a manhã.

– Se gosta tanto, srta. – redarguiu no tom mais honesto –, os que têm a ventura de encontrá-la gostam ainda mais. Tomei ontem a liberdade de aconselhá-la a não facilitar com nada que pudesse perturbar os seus passeios, mas não deve me agradecer. Agi menos por você do que por mim.

E seu olhar, ao dizer isso, pousou sobre mim com tanta expressão... E ia ser a esse homem tão doce que um dia eu deveria a infelicidade! Respondi a ele normalmente e a conversa prosseguiu. Fizemos duas voltas juntos e não se afastou antes de me obrigar a lhe dizer a quem ele fora tão feliz por ter prestado um serviço na véspera. Não julguei que devesse lhe esconder isso e ele também me disse quem era antes de nos separarmos. Durante mais de um mês, não deixamos de nos ver assim quase todos os dias. Já adivinha que nesse mês confessamos um ao outro os sentimentos que experimentávamos e nos juramos continuar sentindo.

Então implorou que lhe permitisse me ver num lugar menos tumultuado que uma praça pública.

– Não me atrevo a me apresentar em casa de seu pai, bela Emília, por não ter a honra de conhecê-lo. Desconfiará logo do motivo que me atraiu à sua casa, e, em vez disso nos favorecer, vai nos prejudicar. Mas, se de fato você é boa e compadecida para não me fazer morrer de pesar não me concedendo o que lhe peço, vou lhe indicar como faremos.

No início me recusei a ouvi-lo, mas em seguida fui bastante fraca para lhe perguntar como era. Devíamos nos ver três vezes por semana na casa de uma sra. Berceil, vendedora de modas na rua dos Arcis, de cujo critério e seriedade o sr. de... me disse responder como pelos de sua própria mãe.

– Já que tem licença de ver a sra. sua tia que mora, como me disse, perto dela, faça à tia uma breve visita e venha passar o resto do tempo que dispuser em casa da mulher que lhe indico. Interrogada, a sua tia dirá que esteve de fato com ela o dia em que falou que ia vê-la. Quanto a medir o tempo das visitas, pode estar certa de que não o farão, já que têm confiança em você.

Não lhe direi, sr., tudo o que objetei para tirá-lo desse propósito e lhe fazer ver os inconvenientes. De nada adiantaria relatar minha resistência, já que no final sucumbi. Prometi-lhe tudo o que queria. Vinte luíses que deu a Júlia sem que eu soubesse a colocaram toda a seu favor. Passei a trabalhar em minha perda e, para a tornar mais completa, para me inebriar mais tempo e à vontade com o suave veneno derramado em meu coração, fiz uma falsa confidência à minha tia. Disse-lhe que uma de minhas amigas desejava ter comigo a bondade de me levar três vezes por semana ao seu camarote no Teatro Francês. Já estava combinado, só faltava eu lhe dar a resposta. Mas não me atrevia a participar a meu pai, de medo que se opusesse. Diria que vinha a sua casa, bastava ela confirmar. Resistiu, mas acabou cedendo à minha insistência. Ficou acertado que Júlia viria em meu lugar e na volta do espetáculo a pegaria a fim de irmos juntas para casa. Beijei mil vezes minha tia, veja a cegueira das paixões: lhe agradecia por colaborar em minha perda, por abrir a porta aos extravios que me levariam à beira do túmulo.

Começaram enfim nossos encontros na Berceil. Sua loja era esplêndida, a casa decorosa e ela mesma uma mulher de uns quarenta anos em que julguei poder confiar. Ai de mim, confiei demais, nela e no meu amante, o pérfido, pois lhe confesso, sr.... Na sexta vez em que o via nesta casa, assumiu tal domínio sobre mim, soube me seduzir a tal ponto que abusou de minha fraqueza e me fiz em seus braços o ídolo da sua paixão e a vítima da minha. Cruéis prazeres, o que já tem me valido de lágrimas e de remorsos que ainda me torturarão até o fim da vida!

Passou-se um ano nessa funesta ilusão. Completara os dezessete e meu pai me falava diariamente em montar casa. Imagine o que isso me fazia recear, até que uma fatalidade me fez cair no abismo em que mergulhei. Triste desígnio da Providência, que quis que algo em que não cometi nenhuma falta servisse para me punir de minhas faltas reais, a mostrar que nunca lhe escapamos, que quem se perde é perseguido por toda a parte e que, na ocorrência que menos se desconfia, o céu faz nascer insensivelmente o que o vingue.

O sr. de... um dia me avisou que um assunto intransferível o privaria do prazer de ficar as três horas que costumávamos estar juntos. Viria minutos antes do fim do nosso encontro, mas, para nada mudar no programa habitual, eu devia ficar na Berceil o tempo que costumava e, de fato, por uma hora ou duas, me divertiria mais com a comerciante e suas filhas do que sozinha em casa de meu pai. Segura dessa mulher, não opus dificuldade ao que propunha meu amante. Prometi vir, pedindo que não se fizesse esperar demais. Disse que ia buscar se livrar o quanto antes possível. E eu fui. Dia terrível para mim!

A Berceil me recebeu na entrada da loja, sem deixar que eu subisse ao apartamento como fazia.

– Srta. – disse ao me ver –, gostei que o sr. de... não pudesse estar esta noite cedo aqui. Tenho algo a lhe dizer que a ele não ousaria. Algo que exige que as duas saiamos logo por um instante, o que não poderíamos fazer se ele estivesse aqui.

– De que se trata, sra.? – quis saber, um pouco espantada com esse início.

– De um nada, srta., um nada. Comece por se acalmar, que é a coisa mais simples do mundo. Minha mãe notou o que vem se passando. É uma velha megera, escrupulosa como um confessor, e que trato bem por causa de seu dinheiro. Não quer definitivamente que eu a receba mais. Não me atrevo a dizer ao sr. de..., mas eis o que imaginei. Vou levá-la em seguida à casa de uma colega, mulher da minha idade e de confiança como eu. Vai conhecê-la e, se lhe agradar, contará ao sr. de... que a levei lá. É uma mulher honesta e está de acordo que os encontros dos dois ali ocorram. Se ela não lhe agradar, o que estou longe de temer, como não teremos senão um instante, nada lhe falará da nossa ida. Então me encarrego de dizer a ele que não posso mais lhe emprestar a casa e os dois combinarão outro meio de se verem.

O que essa mulher me dizia era tão simples, o ar e o tom que usava tão naturais, minha confiança tão inteira, minha candura tão perfeita, que não tive a menor dificuldade em assentir ao que solicitava. Só me ocorreu lastimar a impossibilidade em que estava, segundo ela, de seguir prestando seus serviços, o que lhe demonstrei de coração. Saímos. A casa a que me levou ficava na mesma rua, a sessenta ou oitenta passos de distância da Berceil. Nada de impróprio por fora; ampla porta de entrada, belas janelas para a rua, um ar de decência e limpeza em tudo. No entanto uma voz secreta parecia gritar no fundo de mim mesma que algo de estranho me aguardava aquela casa. Sentia uma espécie de repulsa a cada degrau que pisava e tudo parecia me dizer: aonde vais, infeliz, te afasta destes lugares traiçoeiros...

Chegando, entramos num bonito vestíbulo, onde não havia ninguém, e passamos a um salão, cuja porta foi fechada atrás de nós, como se houvesse alguém escondido atrás dela... Tive um choque. Estava escuro no salão, só o que dava para andar. Três passos e sou agarrada por duas mulheres. Uma salinha se abre e vejo um homem de uns cinquenta anos em meio a duas outras mulheres que gritam às que me sujeitam:

– Tirem a roupa dela, tirem, e só a tragam aqui nuazinha. – Voltando do susto em que estava desde que aquelas mulheres me pegaram, e vendo que para me safar tinha de vencer o temor e dar gritos, clamo sem medida. A Berceil faz o que pode para me acalmar.

– É questão de um minuto, srta. Seja boazinha, lhe peço, e me fará ganhar cinquenta luíses.

– Infame, megera, traficar assim com a minha honra! Vou me atirar pela janela, se não me fizeres sair daqui imediatamente.

– Vai cair no nosso pátio e a pegamos de novo, minha filha – disse uma das mulheres, arrancando minhas roupas. – Acredite, o melhor para você é cooperar.

Ah, sr., me poupe o resto desses horríveis detalhes. Fui posta nua na hora, suprimiram meus gritos com meios bárbaros e me arrastaram àquele indecente que, se divertindo com minhas lágrimas e resistência, só tratava de gozar com a vítima de que rasgava o coração. Duas mulheres me seguravam para ele e, podendo fazer o que queria, satisfez no entanto seu culpado ardor por contatos e beijos impuros, que me deixavam sem maior agravo.

Ajudaram ligeiro a me vestir e me devolveram à Berceil, aniquilada, confundida, uma espécie de dor sombria e amarga que me punha lágrimas no fundo do coração. Lançava olhares furiosos àquela mulher...

– Srta. – me afirmou, inquieta, ainda no vestíbulo da funesta casa –, sinto todo o horror que acabo de fazer, mas peço que me perdoe... Pelo menos pense antes de conceber a ideia de fazer um escândalo. Se contar isso ao sr. de..., não adianta dizer que a arrastaram, é uma falta que nunca lhe perdoará, e vai brigar com o homem que mais lhe importa tratar bem no mundo, já que não tem outro meio de reparar o mal que ele lhe fez senão levando-o a casar consigo. Pode estar certa de que nunca o fará, se lhe contar o que se passou.

– Desgraçada, por que então me puseste nesta situação em que é preciso que eu engane meu amante ou perca tanto a minha honra como a ele?

– Devagar, devagar, não falemos do que está feito, o tempo é curto, nos ocupemos do que é preciso fazer. Se falar, está perdida; nada dizendo, terá minha casa sempre aberta, nunca será traída por quem quer que seja e conservará o amante. Considere se a pequena satisfação de uma vingança de que rirei no fundo, porque, sabendo o seu segredo, impedirei sempre o sr. de... de me prejudicar, se essa pequena satisfação a compensará das penas que acarreta...

Sentindo então bem a indecência da mulher com que lidava, mas ao mesmo tempo a força de seus argumentos, por horríveis que fossem, lhe disse:

– Saiamos, sra., saiamos. Não me conserve mais um minuto aqui. Nada direi. Faça o mesmo. Usarei seus serviços, já que não posso romper sem revelar as infâmias que me obriga a calar, mas terei ao menos a satisfação de no fundo a odiar e desprezar tanto quanto merece.

Voltamos à casa dela. Nova inquietação me tomou quando nos disseram que o sr. de... tinha vindo e lhe avisaram que a sra. saíra por um negócio urgente e a srta. ainda não tinha chegado, ao mesmo tempo que uma das moças da casa me entregara um bilhete que ele escrevera às pressas para mim. Continha estas palavras: "Não a encontro. Imagino que não pôde vir à hora habitual. Não posso vê-la esta noite, impossível esperar. Até depois de amanhã, sem falta".

O bilhete não me serenou, a frieza me pareceu de mau agouro. Não esperar, que pouca paciência. Tudo isso me sacudia a um ponto que é difícil lhe transmitir. Não podia ter notado a nossa saída e seguido? Se o fez, eu era uma mulher perdida. A Berceil, tão preocupada como eu, indagava de todos. Disseram que o sr. de... tinha vindo três minutos após termos saído, que parecia muito inquieto, se retirara em seguida e voltara para escrever o bilhete talvez uma meia hora depois. Mais inquieta ainda, mandei chamarem uma viatura. Mas nem acreditará, sr., a que desfaçatez aquela mulher ousava chegar.

– Srta. – disse, quando eu saía –, nunca comente nada disso, deixe que eu insista. Mas, se infelizmente brigar com o sr. de..., aproveite a liberdade para ter encontros, é bem melhor que um amante só. Sei que é moça de família, mas, jovem, por certo lhe dão pouco dinheiro, e bonita como é, eu a farei ganhar tanto quanto quiser. Vá, vá, não é a única. Há muitas outras de alto topete que casam, como poderá fazer um dia, com condes ou marqueses e que, por elas mesmas ou por intermédio da governante, nos passaram pelas mãos como você. Temos fregueses especiais para as bonequinhas do seu gênero, já viu. Servem-se delas como de uma rosa, sentem-lhes o cheiro e não prejudicam. Adeus, beleza, não fiquemos de mal que eu ainda lhe posso ser útil.

Fitei-a com horror e saí em seguida sem lhe responder. Peguei Júlia na minha tia, como de hábito, e voltei para casa.

Não tinha um meio de me comunicar com o sr. de... Vendo-nos três vezes por semana, não costumávamos nos escrever. Era preciso esperar pelo próximo encontro. Que ia ele me dizer, o que eu lhe responderia? Guardar segredo sobre o que tinha se passado? Não havia o maior risco, se isso viesse a se descobrir, não era melhor que confessar tudo? Essas diferentes alternativas me punham num estado de ânsia inexprimível. Por fim decidi seguir a linha de Berceil, e, certa de que essa mulher era a primeira interessada em guardar segredo, resolvi imitá-la e nada dizer... Mas de que serviam todas essas saídas, já que não devia mais rever meu amante e que o raio que ia cair na minha cabeça já faiscava sobre ela!

No dia seguinte, meu irmão mais velho me perguntou por que eu saía sozinha tantas vezes na semana e àquelas horas.

– Passo o serão com a minha tia.

– É falso, Emília, há um mês que não pões lá os pés.

– Bem, meu caro – respondi tremendo –, vou te dizer tudo. Uma de minhas amigas, que não conheces, a sra. de Saint-Clair, tem a bondade de me levar três vezes por semana ao seu camarote no Teatro Francês. Não me atrevi a contar isso receando que meu pai desaprovasse, mas minha tia sabe tudo.

– Para ir ao teatro, podias me ter dito, eu teria acompanhado, ficava mais simples. Mas sozinha com uma mulher com quem não temos relações e quase tão jovem quanto tu...

– Passemos, amigo – diz meu outro irmão, que se aproximara durante a conversa. – A moça tem suas diversões, não vamos atrapalhar. Sem dúvida procura um esposo. Com o seu comportamento, muitos lhe oferecerão...

E os dois, secamente, me deram as costas. Esse diálogo me deixou assustada. Mas, como meu irmão mais velho pareceu crer na história do camarote, julguei que conseguira enganá-lo e ficaria por isso. Mas, mesmo que ele ou o outro tivessem dito muito mais, a menos que me encerrassem, nada no mundo teria bastante força para me impedir de ir ao próximo encontro. Nada me privaria de ir ver meu amante, pois tinha se tornado essencial esclarecer o assunto com ele.

Quanto a meu pai, continuava o mesmo, a me idolatrar, não desconfiando de nenhum de meus erros nem me pesando em nada. É duro ter de enganar um pai assim, e os remorsos que daí advêm põem espinhos nas alegrias que se compram com essas traições. Que o exemplo dessa amarga paixão ajude a livrar de erros como os meus as que estejam em situação semelhante. Possam as penas que tive por diversões delituosas detê--las à beira do abismo, se alguma vez souberem de minha deplorável história.

O dia fatal enfim chega. Pego a Júlia e me esquivo como nas outras vezes. Deixo-a em casa de minha tia e no meu carro alugado chego logo à casa de Berceil. Desço. O silêncio e a escuridão da casa de início me impressionam. Nenhum rosto conhecido se mostra. Só aparece uma velha que nunca tinha visto e que ia ver demais, infelizmente, para dizer que permaneça na peça em que estou, pois o sr. de..., ela diz o seu nome, virá em seguida ter comigo. Um frio universal se apodera de meus sentidos e caio numa poltrona sem força para dizer uma palavra. Meus dois irmãos se apresentam com pistolas na mão.

– Desgraçada – grita o mais velho –, olha aonde nos trazes. Se tentares resistir, deres um grito, estás morta. Vem conosco que vamos te ensinar a trair a família que aviltas como ao amante a que te entregaste.

Nessas últimas palavras, o conhecimento me abandonou. Só fui retomar os sentidos ao me achar no fundo de uma carruagem que me pareceu ir depressa, entre meus dois irmãos e a velha de que falei. Tinha as pernas atadas e as duas mãos presas por um lenço. As lágrimas, até então contidas pelo excesso de dor, abriram passagem com fluência e fiquei uma hora num estado que, por culpada que pudesse ser, teria enternecido qualquer outro que não fossem os dois carrascos de que dependia. Não me falaram, na estrada. Imitei-lhes o silêncio, me abismando em minha mágoa. Chegamos enfim no dia seguinte, às onze da manhã, entre Coucy e Noyon, num castelo ao fundo de um bosque, de propriedade de meu irmão mais velho. O carro entrou no pátio e mandaram que eu ficasse ali, até que os cavalos e os domésticos se afastassem. Meu irmão mais velho veio me buscar:

– Segue-me – disse, com brutalidade, depois de me ter desatado. Obedeci trêmula. Mas que horror quando percebi o lugar que devia me servir de retiro! Um quarto baixo, sombrio, úmido, escuro, com grades nas aberturas e só recebendo um pouco de luz por uma janela, que dava para um largo fosso cheio d'água.

– Este é o teu quarto – disseram meus irmãos –, uma mulher que rebaixa a família só pode estar bem aqui... A comida será proporcionada ao resto do tratamento. Isto é o que receberás – e me mostraram um pedaço de pão como dos que se dão aos animais. – E, como não queremos fazê-la sofrer muito tempo, nem lhe deixar qualquer meio de sair daqui, estas duas mulheres – e indicaram a velha e uma outra semelhante encontrada no castelo – estão encarregadas de sangrá-la dos dois braços tantas vezes por semana quantas ia encontrar com o sr. de... em casa da Berceil. Esse regime a levará sem dor, ao menos esperamos, ao túmulo, pois só estaremos tranquilos quando soubermos que a família se livrou de um monstro dessa espécie.

Ordenaram que as duas mulheres me agarrassem e diante deles, celerados, me perdoe a expressão, mas diante deles me fizeram sangrar dos dois braços e só se detiveram quando me viram sem conhecimento. Ao voltar a mim, observei se congratularem com a barbárie e, como se quisessem que todos os golpes caíssem sobre mim ao mesmo tempo, como se se deleitassem em me dilacerar o coração enquanto derramavam meu sangue, o mais velho tirou uma carta do bolso e me passou:

– Leia, moça, leia e conheça aquele a quem deve seus males...

Desdobrei-a trêmula. Mas meus olhos tiveram a força de conhecer a letra... Deus, era o meu amante, ele que me traía! Eis o que continha a cruel carta. As palavras se imprimiram em sangue em minha mente.

"Cometi a loucura de amar sua irmã, sr., e a imprudência de perdê-la. Ia reparar tudo. Devorado por remorsos, ia cair aos pés de seu pai, me confessar culpado e pedir a mão da filha. Confiava na força do que diria e estar à altura de uma aliança. Tomada essa resolução, meus olhos, meus próprios olhos me convencem de que lido com uma rameira que, à sombra de encontros dirigidos por um sentimento honesto e puro, ousou ir satisfazer os infames desejos do mais sujo dos homens. Não espere assim nenhuma reparação de minha parte, senhor, não a devo mais. Ao sr. devo o abandono e a ela o ódio mais duro e o desprezo mais resoluto. Envio-lhe o endereço da casa em que sua irmã ia se corromper, a fim de que possa verificar se o iludo."

Mal li essas tristes palavras, recaí no estado mais terrível. Não, me dizia a arrancar os cabelos, não, cruel, nunca me amaste. Se o mais leve sentimento tivesse aquecido teu coração, não ias me condenar sem me ouvir. Como me crer culpada de um tal crime quando era a ti que eu adorava? Pérfido, e é a tua mão que me entrega, me precipita nos braços dos carrascos que me vão fazer morrer cada dia um pouco... E morrer sem ter me justificado diante de ti... Morrer, desprezada por tudo o que adoro, quando nunca te ofendi de propósito, quando não passei de instrumento e de vítima, ah, não, não, esta situação é cruel demais, está acima das minhas forças! E, me atirando em lágrimas aos pés de meus irmãos, supliquei que me escutassem ou acabassem de derramar meu sangue gota a gota me fazendo perecer.

Consentiram em ouvir e lhes contei minha história, mas precisavam me ver perdida e não acreditaram, me tratando ainda pior. Depois de me terem arrasado de invectivas, depois de terem recomendado às duas mulheres a execução ponto por ponto de suas ordens, sob pena de vida, foram embora, me dizendo com frieza que esperavam nunca me rever.

Ao saírem, minhas duas guardiãs me deixaram pão, água e me encerraram. Estava sozinha ao menos, podia me entregar ao excesso de desespero e me achava menos infeliz. Os primeiros movimentos na angústia me levavam a tirar as ataduras dos braços e acabar de perder o sangue. Mas a ideia horrível de deixar a vida sem me ver justificada ante meu amante me violentava a um ponto que nunca pude me decidir por essa via. Certa calma traz a esperança, esse consolador sentimento que nasce sempre em meio aos pesares, divino presente que a natureza nos faz para os compensar ou amenizar. Não, disse a mim mesma, não morrerei sem vê-lo, e vou trabalhar só para isso, só me preocupar com isso. Se continuar a me julgar culpada, então sim, morrer, ao menos sem queixa, pois a vida perde todo encanto para mim se eu perder seu amor.

Tomada essa atitude, me decidi a não negligenciar nenhum dos meios que pudessem me tirar daquele odioso lugar. Esse pensamento me consolou por quatro dias, quando minhas duas carcereiras voltaram para renovar minhas provisões e ao mesmo tempo me fazer perder as poucas forças que essas me davam. Sangraram-me nos dois braços e me deixaram na cama sem movimento. No oitavo dia, reapareceram e me ajoelhei diante delas pedindo piedade. Me sangraram só num braço. Dois meses assim se passaram, durante os quais fui sangrada ora de um ora de outro braço, cada quatro dias.

A força de meu temperamento me sustinha, a idade, o imenso desejo que tinha de escapar à terrível situação, a quantidade de pão que comia para compensar meu esgotamento e o poder de executar minhas decisões, tudo deu certo. Tive a felicidade de poder fazer um buraco numa parede e, no começo do terceiro mês, passei ao quarto vizinho, que não estava fechado, e fugi do castelo. Busquei chegar a pé à estrada para Paris, mas as forças me abandonaram no sítio onde me encontrou, sr. Sua ajuda generosa minha sincera gratidão quer pagar como eu possa, mas ouso lhe pedir ainda mais: levar-me a meu pai, que sem dúvida foi enganado e não será capaz de me condenar sem me permitir que lhe prove minha inocência. Vou lhe mostrar que fui fraca, mas ele verá que não fui tão repreensível como as aparências podem levar a crer. E o sr. não apenas terá trazido à vida uma infortunada criatura que não cessará de lhe agradecer, mas vai devolver a uma família a honra que injustamente se crê que perdeu.

– Srta. – afirmou o conde de Luxeuil depois de ter prestado toda a atenção ao relato de Emília –, é difícil vê-la e ouvir sem sentir o mais vivo interesse em sua pessoa. Sem dúvida não foi tão condenável quanto se poderia acreditar, mas há na sua conduta uma imprudência que não pode ocultar de si mesma.

– Oh, sr.!

– Ouça, lhe peço, ouça a pessoa no mundo que tem mais vontade de lhe ser útil. A atitude de seu amante é horrível, não apenas injusta, pois devia se certificar melhor e falar consigo, mas cruel. Se há prevenção a ponto de não se querer voltar, se abandona uma mulher, mas não se vai denunciá-la à família, não se vai humilhá-la e entregar baixamente aos que devem perdê-la, não se vai excitá-los à vingança. Reprovo a fundo o comportamento desse que você estima. Mas o de seus irmãos é ainda mais baixo, é atroz sob qualquer perspectiva, só carrascos se conduzem assim. Erros dessa espécie não merecem esses castigos. Cadeias nada servem no caso. Deve-se calar, não se tira nem o sangue nem a liberdade de quem errou. Esses odiosos recursos rebaixam mais os que os empregam que os que deles são alvo. Por caro que nos seja o decoro de uma irmã, sua vida deve ter bem mais valor a nossos olhos; a honra pode ser reposta, não o sangue derramado. Essa conduta é tão monstruosa que seria sem dúvida punida se fosse feita uma queixa ao governo. Mas esses meios, que imitariam os de seus perseguidores e propalariam o que é de silenciar, não são os que nos convêm. Para servi-la, vou agir de modo bem diverso, srta., mas tem de aceitar as condições, primeiro, de me dar por escrito os endereços de seu pai, sua tia, da Berceil, e, segundo, o nome da pessoa que lhe interessa. Isso é tão essencial que não lhe oculto que me seria impossível ajudá-la no que fosse, se persistir em esconder o nome que lhe solicito.

Emília, confusa, preenche a primeira condição, entregando os endereços ao conde.

– Exige, sr. – enrubesce –, que lhe dê o nome de meu sedutor?

– Sim, sem isso não posso nada.

– Bem, sr... É o marquês de Luxeuil.

– O marquês de Luxeuil – gritou o conde sem poder reprimir a emoção em que o punha o nome do filho. – Ele foi capaz de fazer isso, ele... – E voltando a si: – Ele vai reparar, srta., vai reparar e se verá vingada... Dou-lhe a minha palavra. Adeus.

A agitação em que a última confidência de Emília pôs o conde de Luxeuil impressionou-a, julgou ter cometido uma indiscrição. Mas as palavras pronunciadas pelo conde antes de sair a resserenaram. Sem nada entender do liame de todos os fatos que não sabia desenredar, ignorando onde estava, resolveu esperar com paciência o resultado da ação de seu benfeitor. Os cuidados que não cessavam de ter com ela nesse período terminaram por acalmá-la, persuadindo-a de que trabalhavam pelo seu bem.

Pôde se convencer inteiramente ao ver, no quarto dia depois das explicações que tinha dado, o conde entrar no seu quarto com o marquês de Luxeuil pela mão.

– Srta. – disse o conde –, trago-lhe ao mesmo tempo o autor de sua desventura e o que vem repará-la, lhe pedindo de joelhos que não recuse a sua mão.

A essas palavras, o marquês se lança aos pés da que adora, mas a surpresa foi demais para Emília. Não bastante forte para a suportar, desmaiou nos braços da mulher que a servia. Atendida, retoma os sentidos e, vendo-se nos braços do amante, lhe diz chorando:

– Homem cruel, que penas causou a quem o amava! Como a julgou capaz da infâmia que lhe atribuiu? Amando-o, ela podia ser vítima da sua fraqueza e da patifaria alheia, não podia nunca ser infiel.

– Oh, te adoro – bradou o marquês. – Perdoa um acesso horrível de ciúmes sobre aparências enganadoras. Agora todos estamos certos disso, mas as aparências não eram contra ti?

– Se me estimasse, Luxeuil, não pensaria que eu fosse capaz de enganá-lo; devia escutar menos o desespero que os sentimentos que eu estava ufana de lhe inspirar. Que esse exemplo ensine a meu sexo que é quase sempre por amor demais, quase sempre por ceder depressa demais que perdemos a estima do amante. Ó Luxeuil, você teria me amado melhor se eu o tivesse amado menos rápido; puniu minha fraqueza, e o que devia firmar seu amor é o que lhe fez desconfiar do meu.

– Que tudo se esqueça de parte a parte – interrompeu o conde. – Luxeuil, seu comportamento é reprovável e, se não tivesse se proposto a repará-lo imediatamente, se eu não sentisse em seu coração essa vontade, não ia mais vê-lo na vida. *Quando se ama*, diziam os trovadores antigos da Provença, não da Picardia, *se se ouve ou vê algo em desabono da amiga, não se deve crer nem nos ouvidos nem nos olhos, mas no que diz o coração*. Srta., espero o seu restabelecimento com impaciência – prosseguiu o conde se dirigindo a Emília –, não quero devolvê-la à casa dos pais senão como esposa de meu filho, e calculo que não se recusarão a se unir a mim para corrigir seu infortúnio. Se não o fizerem, lhe ofereço a minha casa, srta. Seu casamento será celebrado aqui e até o último suspiro não deixarei de ver em você uma nora querida que sempre me honrará, aprovem ou não seu casamento.

Luxeuil abraçou forte o pai e a srta. de Tourville, que se desfazia em lágrimas apertando as mãos do benfeitor. Enfim a deixaram se refazer por umas horas de uma cena que, alongada, prejudicaria o restabelecimento que se desejava de uma parte e de outra com ardor.

No décimo quinto dia de sua volta a Paris, a srta. de Tourville estava em condições de andar e subir numa viatura. O conde a fez vestir de branco, de acordo com sua inocência de coração, e a tudo se atentou para frisar seus encantos, que um resto de palidez e fraqueza tornava ainda mais marcantes. O conde, ela e Luxeuil foram à casa do presidente de Tourville que, de nada prevenido, se surpreendeu ao extremo ao ver entrar a filha. Estava com os dois filhos, cujas testas se enrugaram de furor e ira com a inesperada aparição; sabiam que ela tinha fugido, mas a julgavam morta, num canto da floresta, e disso se consolaram com toda a facilidade.

– Sr. – disse o conde, indicando Emília ao pai –, eis a própria inocência que trago aos seus joelhos – e Emília a eles se precipitou. – Peço o seu perdão, sr., e não o pediria se não estivesse certo de que ela o merece. Ademais – continuou rápido –, a melhor prova que posso lhe dar da profunda estima que tenho por sua filha é que peço sua mão para meu filho. Nossas situações sociais estão feitas para se aliar. E, se houver de minha parte alguma desproporção em matéria de bens, vendo o que tenho para constituir a meu filho uma fortuna à altura de ser oferecida à sua filha. Decida, sr., a fim de que o deixe tendo a sua palavra.

O velho presidente de Tourville, que sempre tinha adorado a sua Emília, no fundo era a bondade personificada, e, inclusive pela excelência do caráter, não exercia o cargo há mais de vinte anos, o velho presidente, molhando de lágrimas o busto da amada criança, respondeu ao conde que estava felicíssimo com a escolha, só o preocupava se Emília seria digna. O marquês de Luxeuil então se lançou também aos joelhos do presidente, a insistir que lhe perdoasse os erros e lhe permitisse repará--los. Tudo se prometeu, combinou, tranquilizou, de parte a parte. Apenas os irmãos de nossa heroína se recusaram a partilhar da alegria geral e a afastaram quando foi beijá-los. O conde, indignado com esse procedimento, quis deter um que procurava se retirar da sala. O sr. de Tourville bradou ao conde:

– Deixe-os, sr., deixe-os, me enganaram horrivelmente. Se essa criança fosse culpada como me disseram, ia consentir em dá-la ao seu filho? Turvaram a felicidade de meus dias me privando de minha Emília. Deixe-os...

E os desgraçados saíram rubros de raiva. Então o conde narrou ao sr. de Tourville todos os horrores de seus filhos e os erros reais da filha. O presidente, vendo a desproporção entre as faltas e a indecência do castigo, julgou que não voltaria a ver seus filhos. O conde o acalmou e fez prometer que apagaria essas ocorrências da lembrança. Oito dias depois, comemorou-se o casamento sem que os irmãos quisessem comparecer, mas a falta não foi sentida, eram desprezados. O sr. de Tourville se contentou em lhes recomendar o maior silêncio, sob pena de encarcerar a eles mesmos. Calaram, mas não bastante, porém, para não se vangloriar do que fizeram e censurar a indulgência do pai; e os que souberam dessa desastrosa aventura exclamavam, pasmados com os seus atrozes detalhes:

– Céus, os horrores a que chegam os que se metem a punir os crimes dos outros! Tem-se razão em afirmar que tais infâmias são reservadas aos frenéticos e ineptos devotos da cega Têmis, deusa da Justiça, que, nutridos de imbecil rigorismo, endurecidos desde a infância aos apelos da desgraça, sujos de sangue desde o berço, tudo condenando e a tudo se entregando, imaginam que o único modo de cobrir seus turvos segredos e suas inépcias oficiais é demonstrar uma firmeza que, os assemelhando por fora a gansos e por dentro a tigres, não conseguem mais, manchando-os de crimes, que impor aos tolos e fazer detestar pelos sensatos seus odiosos princípios, suas leis sanguinárias, seus caracteres desprezíveis.

## AUGUSTINA DE VILLEBLANCHE
### OU O ESTRATAGEMA DO AMOR

De todos os desvios da natureza, o que fez mais pensar e pareceu mais estranho aos semifilósofos que querem tudo analisar, sem nunca entender nada – dizia um dia a uma de suas melhores amigas a srta. de Villeblanche, de que vamos nos ocupar em seguida –, é este estranho gosto que as mulheres de certa disposição ou certo temperamento concebem por pessoas de seu sexo. Seja antes do imortal Safo como depois dela, não houve uma só região do Universo, uma única povoação que não tenha nos oferecido mulheres desse estilo. Diante disso, parece mais razoável acusar a natureza de esquisita que a essas mulheres de crime contra a natureza. No entanto nunca cessaram de reprová-las e, sem a ascendência dominadora que teve sempre nosso sexo, quem sabe se algum Cujas, algum Bartole, algum Luís IX não teria imaginado fazer contra essas sensíveis e infelizes criaturas leis fatais, como promulgaram contra os homens que, dispostos na mesma singularidade e por tão boas razões sem dúvida, julgaram poder se bastar entre eles e que a mistura dos sexos, útil à propagação da espécie, bem podia não ter igual importância para o prazer. A Deus não agrada que se tome um partido a propósito... não é, minha cara? – prosseguia a bela Augustina de Villeblanche dando na amiga beijos que se diriam um pouco suspeitos. Mas, em vez de fogueiras, em vez de desprezo e sarcasmos, armas perfeitamente embotadas em nossos dias, não seria incomparavelmente mais simples, numa ação tão indiferente à sociedade, a qual se aproxima de Deus, e talvez mais útil do que se pense à natureza, que se deixasse cada um agir como ache? Que se pode recear dessa depravação? Aos olhos de alguém de fato prudente, se diria que pode prevenir depravações maiores, mas nunca se provará que possa implicar perigos... Por Deus, receia-se que a orientação desses indivíduos, de um ou outro sexo, faça acabar o mundo, ponha em leilão a preciosa espécie humana, e que seu pretenso delito a aniquile por falta de multiplicação? Encare-se o tema a sério e se verá que todas essas perdas quiméricas são inteiramente indiferentes à natureza, que não apenas não as condena como nos mostra por mil exemplos que as quer e almeja. Se essas perdas a irritassem, as toleraria ela em mil casos? Se a procriação lhe fosse tão essencial, permitiria que uma mulher servisse para isso apenas um terço da vida e que, ao sair de suas mãos, metade dos seres que produz tivessem um gosto contrário à procriação que exigiria? O certo é que propicia que as espécies se multipliquem, mas não o exige e que haverá sempre mais indivíduos do que precisa, de modo que está longe de contrariar as inclinações dos que não pensam em propagação nem se conformam com ela. Ah, deixemos esta boa mãe agir, convencidos de que seus recursos são imensos, que nada do que fazemos a ofende e que o delito que atentaria contra suas leis nunca estará em nossas mãos.

A srta. Augustina de Villeblanche, de que acabamos de ver parte da lógica, tinha ficado dona de suas ações aos vinte anos, dispunha de trinta mil libras de rendas e por gosto se decidira a nunca casar. Seu berço era bom, sem ser ilustre; filha única de um homem que enriquecera nas Índias e tinha morrido sem decidi-la a casar. Não é preciso esconder; nisso entrava muito da tendência a que Augustina terminava de fazer a apologia, na incompatibilidade que mostrava ao casamento. Seja por influência, educação, disposição orgânica ou calor do sangue (tinha nascido em Madras), seja por inspiração da natureza ou por outra coisa, em suma, a srta. de Villeblanche detestava os homens e, entregue ao que a seus castos ouvidos era chamado de safismo, só tinha volúpia pelo seu sexo e só com as graças se compensava do desprezo que nutria pelo amor.

Augustina era uma perda real para os homens. Grande, feita para ser pintada, os mais belos cabelos castanhos, o nariz algo aquilino, os dentes soberbos, olhos expressivos e vivazes, a pele fina e branca, todo o conjunto, numa palavra, de um apelo picante. Vendo-a tão feita para dar amor e tão determinada a não recebê-lo, seria natural que escapassem a muitos homens inumeráveis sarcasmos contra um gosto, aliás simples, mas que, privando os altares de Vênus de uma das criaturas do Universo mais aptas a servi-los, deixava forçosamente de mau humor aos adeptos da deusa. A srta. ria sem mágoa dessas censuras e palavras feias, mas não se entregava menos a seus caprichos.

– A pior das loucuras – dizia – é se envergonhar das propensões que recebemos da natureza. Zombar de qualquer um que tenha gostos particulares é tão bárbaro quanto desfazer de um homem ou de uma mulher que saiu caolho ou manco do seio materno. Contudo, persuadir desses razoáveis princípios aos tolos é tentar deter o curso dos astros. Há uma alegria egoísta em reprovar defeitos que a gente não tem, alegria tão doce ao homem, e em especial aos imbecis, que é raro que a ela renunciem... Ademais, isso fornece maldades, frias frases brilhantes, trocadilhos chãos e, para o convívio social, isto é, para uma coleção de seres cujo vazio reúne e a estupidez anima, é tão ameno falar duas ou três horas sem ter dito nada, tão agradável brilhar a expensas alheias e anunciar, censurando, um vício que se está longe de possuir... É um elogio que se faz tacitamente a si mesmo e a esse preço se admite a união com outros e o complô para esmagar o indivíduo cujo erro é não pensar como o comum dos mortais. E se vai para casa estufado pelo espírito que se demonstrou, quando de fato uma tal conduta não revela mais que pedantismo e tolice.

Assim pensava a srta. de Villeblanche, positivamente resolvida a nunca se restringir, a despeito do que dissessem. Rica para ser independente, acima de sua reputação, visando uma existência de satisfações e não beatitudes celestes em que pouco acreditava, ainda menos numa imortalidade, demasiado quimérica a seu ver, em meio a um pequeno círculo de mulheres que pensavam como ela, a estimada Augustina se entregava com inocência a todos os prazeres que apreciava. Teve vários pretendentes, mas todos foram tratados tão mal que já se renunciava à sua conquista quando um jovem, chamado Franville, da sua categoria social e rico como ela, se apaixonou como um louco e não só não se importava com as durezas dela como estava determinado a não abandonar o sítio antes da conquista. Comunicou seu objetivo aos amigos; riram dele; garantiu que venceria; o desafiaram e se pôs em campo. Franville tinha menos dois anos que a srta. de Villeblanche, quase ainda sem barba, uma bonita silhueta, os traços delicados, os mais belos cabelos. Quando o vestiam de mulher, ficava tão bem que enganava sempre aos dois sexos, e seguido recebeu, de uns equivocados, mas de outros sabendo bem o que ocorria, uma série de declarações tão precisas que teria podido, no mesmo dia, se tornar o Antínous de algum Adriano ou o Adônis de alguma Psique. Foi vestido assim que Franville imaginou seduzir a srta. de Villeblanche. Vamos ver como se portou.

Um dos maiores prazeres de Augustina era se vestir de homem no carnaval e percorrer as várias reuniões nesse disfarce concorde com seus gostos. Franville, que mandara espioná-la e até ali tivera a preocupação de se mostrar pouco a ela, soube um dia que ela devia ir à noite a um baile dado pelos sócios da Ópera, onde se podia entrar com qualquer tipo de máscara, e que ela iria, na linha de suas fantasias, como capitão dos dragões. Disfarça-se de mulher, se enfeita e ajusta com a elegância e os cuidados possíveis, põe um batom forte, não usa máscara e, acompanhado por uma de suas irmãs bem menos bonita que ele, chega ao baile em que a amável Augustina estava atrás de uma aventura.

Franville deu uns passos na sala e foi notado em seguida pelos olhos experientes de Augustina.

– Quem é esta bela mulher? – dirigiu-se a srta. de Villeblanche à amiga com que estava. – Acho que ainda não a tinha visto em parte alguma. Como uma criatura deliciosa assim nos escapou?

E, mal pronunciou essas palavras, fez o que pôde para ficar conversando com a falsa srta. de Franville, que de saída foge, se vira, evita, escapa e o mais para se fazer mais intimamente desejar. Enfim acede e são trocados lugares-comuns, que aos poucos se tornam mais interessantes.

– Que calor com esta gente dançando! – diz a srta. de Villeblanche. – Deixemos nossas companheiras juntas e vamos tomar um ar nas salas de jogo e no bar.

– Ah, sr. – responde Franville, que finge tomá-la por um homem –, não me atrevo. Só estou aqui com minha irmã, mas sei que minha mãe vai vir com o marido que me destinam, e, se os dois me vissem com você, não ia ser fácil...

– Bem, é preciso se pôr acima desses sustos de criança... Que idade tem, meu anjo?

– Dezoito, sr.

– Ah, com dezoito se deve ter adquirido o direito de fazer o que se deseja. Ande, ande, venha comigo e não tenha receio. – Franville se deixou levar.

– O quê? Pretende casar mesmo? – continua Augustina, levando a pessoa que julga uma mulher para as salas ao lado do salão de dança. – Como a lamento! E quem é o personagem que lhe destinam? Aposto que um chato... Ah, como esse homem vai ser feliz! Queria estar no lugar dele. Gostaria de casar comigo, por acaso? Diga francamente, mulher celeste.

– Ai de mim, o sr. sabe, quando a gente é jovem não pode seguir os impulsos do coração.

– Como não? Recuse esse homem qualquer, vamos nos conhecer intimamente e, se combinarmos, por que não nos arranjaríamos? Graças a Deus, não preciso pedir nenhuma licença. Apesar de só ter vinte anos, sou dono do que é meu e, se puder determinar meus pais a meu favor, talvez antes de oito dias estaremos eu e você ligados por elos eternos.

Sempre conversando, Augustina levava sua presa para o perfeito amor, num gabinete isolado que tinha à disposição por um acerto prévio com os organizadores do baile.

– Nossa! – exclamou Franville, ao ver Augustine fechar a porta do gabinete e o tomar nos braços –, o que quer fazer?... Sozinho com o sr. e num lugar tão escondido... Me largue, me largue, ou grito por socorro.

– Vou te tirar a possibilidade, anjo divino – diz Augustina espremendo a bela boca sobre os lábios de Franville. – Grita agora, grita se podes, e o sopro puro do teu hálito de rosa fará arder mais depressa meu coração.

Franville se defendia debilmente; é difícil se encolerizar quando se recebe de modo tão terno o primeiro beijo de quem se adora. Animada, Augustina prosseguia com mais vigor, com a veemência que de fato só conhecem as mulheres arrastadas por uma inclinação como a sua. As mãos afagam e Franville, bancando a mulher que cede, faz igualmente passear as suas. Toda a roupa é despida e os dedos vão, quase ao mesmo tempo, onde cada um espera achar o que deseja... Então Franville muda de repente de papel:

– Pelos céus! Você não passa de uma mulher...

– Horrível criatura – replica Augustina, pondo a mão em coisas cujo estado não permite a ilusão. – E eu que me dei tanto trabalho por um simples homem... Que azar!

— Na verdade não maior que o meu – diz Franville, com profundo desprezo. – Uso um disfarce que pode seduzir os homens, de que gosto e ando atrás, e não encontro senão uma puta.

— Puta não – diz, amarga, Augustina. – Nunca fui na vida. Quando se detesta os homens, não se pode ser chamada assim.

— Como, é mulher e detesta os homens?

— Sim, e pela mesma razão que você é homem e aborrece as mulheres.

— O encontro é único, é o mínimo que se pode dizer.

— Para mim é triste – diz Augustina com todos os sintomas do mau humor.

— Para mim ainda é pior, srta. – torna Franville. – Estou contaminado por três semanas. Sabe que em nossa ordem fazemos o voto de nunca tocar em uma mulher?

— Acho que é possível, sem se rebaixar, tocar em uma como eu.

— Francamente – prossegue Franville –, não vejo motivos para a exceção, nem que um vício deva lhe atribuir mérito a mais.

— Um vício... Você me reprovar o meu, quando possui outro tão vil!

— Pare, não briguemos – diz Franville. – Somos de certo modo colegas. O melhor é nos separarmos e nunca mais nos vermos.

Assim falando, se dispunha a abrir as portas.

— Um momento, um momento – ela o impede. – Vai contar o que aconteceu a todo o mundo, aposto.

— Talvez isso me divirta.

— Pouco me importam os outros. Graças a Deus, estou acima de falatórios. Saia, sr., saia e diga tudo o que quiser... – Mas o deteve outra vez, sorrindo: – Sabe que essa história é única... Os dois nos enganarmos...

– Ah, erro pior a quem seja como eu do que como você. O vazio nos dá asco.

– Acredite, querido, que o que os homens nos oferecem desagrada pelo menos tanto. Vá, o desgosto foi igual, mas a história é engraçada, se tem de reconhecer. Vai voltar para o baile?

– Não sei.

– Eu não vou – diz Augustina. – Você me fez sentir coisas... desagrado... vou me deitar.

– Em tempo!

– Mas veja se pode ser gentil e me dar o braço até sua casa. Moro a dois passos, vim sem carruagem.

– Acompanho-a com prazer – diz Franville. – Nossos gostos não suprimem a polidez. Lhe dou a mão...

– Aproveito porque não acho melhor.

– Pode estar certa de que, vindo de mim, esse oferecimento é sem intenções.

Chegam à porta da casa de Augustina e Franville se apressa para se despedir.

– Na verdade você é uma delícia – diz a srta. de Villeblanche. – Que é isso? Não vai me deixar na rua.

– Mil perdões... Não me atrevia.

– Ah, como são broncos estes homens que não gostam de mulher...

– É que... – começa Franville, dando no entanto o braço à moça até seu apartamento. – É que eu queria voltar logo ao baile e tentar consertar a minha tolice.

– Sua tolice? Não gostou de ter me encontrado?

– Não digo isso, mas não é certo que os dois podemos dar com algo incomparavelmente melhor?

– Sim, tem razão – diz Augustina entrando enfim em casa. – Tem razão, eu sobretudo... Pois receio que esse encontro não custe a paz da minha vida.

– Como, não está certa de seus sentimentos?

– Ontem estava.

– Ah, não mantém o que afirma.

– Não mantenho nada, você me tira a paciência.

– Bom, me vou srta., me vou. Deus me livre de incomodá-la mais tempo.

– Não, fique, lhe ordeno. Pode uma vez na vida obedecer a uma mulher?

– Eu? – Franville senta complacente. – Não há nada que eu não faça. Eu lhe disse e não minto.

– Sabe que na sua idade é horrível ter gostos tão perversos?

– Julga que é muito decente na sua os ter tão singulares?

– Oh, conosco é diferente, é contenção, pudor: até orgulho, se desejar, é medo de se entregar a um sexo que nunca nos cativa senão para nos dominar. Mas os sentidos falam e nos compensamos entre nós mesmas. Conseguimos nos ocultar, e daí resulta um verniz de prudência que não raro se impõe. Assim a natureza fica contente, mantém-se a decência e não se ofendem os costumes.

– Eis o que se podem chamar de belos sofismas. Indo por aí, se acabaria justificando tudo. E o que, do que disse, não poderemos alegar a nosso favor?

– Praticamente nada. Com preconceitos muito diferentes, não devem ter os mesmos receios e o êxito de vocês é a nossa derrota: mais multiplicam as conquistas, mais exultam. E não podem se recusar aos sentimentos que fazemos nascer em vocês senão por vício e depravação.

– Estou achando que pretende me converter.

– Gostaria.

– Mas o que ganharia, já que ia permanecer no erro?

– É uma obrigação que meu sexo me dá. E, já que amo as mulheres, estou à vontade para trabalhar por elas.

– Se o milagre ocorresse, seus efeitos não seriam tão gerais como parece acreditar. Apreciaria me converter só por uma mulher. Pelo menos ensaiar...

– A ideia é válida.

– É que sem dúvida há uma certa prevenção, sinto, em tomar um partido sem ter tudo experimentado.

– Como, nunca esteve com uma mulher?

– Nunca, e você... terá por acaso uma castidade assim?

– Bem, as mulheres que se têm são tão destras e ciumentas que não nos deixam nada... Mas nunca conheci um homem na vida.

– Um juramento que fez?

– Sim, não quero conhecer nunca, a não ser que seja tão singular como eu.

– Que pena que não fiz o mesmo voto!

– Não é possível ser mais impertinente...

Dizendo isso, a srta. de Villeblanche se ergue e fala a Franville que pode se retirar, querendo. Nosso jovem amante, sempre de sangue-frio, faz uma profunda reverência e se apronta para sair.

– Vai voltar ao baile – lhe diz com secura a moça, olhando-o num despeito mesclado de amor.

– Mas sim, vou, acho.

– Assim não está à altura do sacrifício que lhe faço?

– Como, me faz algum sacrifício?

– Voltei para casa para não ver mais nada, depois de ter tido o azar de conhecê-lo.

– O azar?

– Você é que me leva a usar esta expressão. Só depende de você que empregue uma bem diferente.

– E como arrumaria isso com os seus gostos?

– O que não abandonamos quando se ama?

– Sem dúvida, não lhe será impossível me amar.

– Concordo, se observar costumes tão horríveis como os que descobri.

– E se eu renunciasse a eles?

– Imolaria agora os meus no altar do amor. Ah, criatura pérfida! O que esta confusão custa ao meu amor-próprio, e a arrancas de mim – diz Augustina em lágrimas, deixando-se cair numa poltrona.

– Obtive da mais bela boca do Universo a confissão mais lisonjeira que podia ouvir – Franville se joga aos pés dela. – Ah, querida razão de meu mais terno amor, saiba do meu fingimento, mas não o castigue, lhe peço de joelhos que me desculpe e aqui ficarei até que me dê o seu perdão. Vê ao seu lado, srta., o amante mais constante e mais apaixonado. Julguei essa farsa necessária para vencer um coração de que conhecia a resistência. Consegui, bela Augustina; recusará ao amor sem desvios o que se dignou fazer ouvir ao amante culpado? Culpado, eu.. do que acreditou... Como supor que uma paixão impura possa existir na alma de quem nunca ardeu senão por você?

– Traidor, me enganaste... Mas eu te perdoo... Mas não terás nada a me sacrificar, fingido, e meu orgulho vai se comprazer menos. Não importa, por mim tudo te sacrifico... Para te agradar renuncio com alegria a erros a que a vaidade nos leva quase tão seguido quanto nossas inclinações. Sinto, a natureza comanda; eu a sufoquei por caprichos que agora afasto com toda a alma. Não se resiste ao império dela, nos criou para vocês e os formou para nós. Sigamos suas leis, as quais hoje me mostra pelo próprio órgão do amor. Desse modo suas leis se tornam para mim mais sagradas. Dou-lhe a mão, sr., pois o julgo homem honrado e apto a se casar comigo. Se posso ter perdido por instantes sua estima, à força de cuidados e ternura talvez repare meus erros, e o farei reconhecer que os da imaginação nem sempre degradam uma alma bem-nascida.

Franville, no auge da realização, molhando com lágrimas de alegria as belas mãos que tinha nas suas, se levanta para os braços que lhe abrem:

– Ó dia mais feliz da minha vida – grita –, não há nada semelhante à minha sorte, trago ao bem o coração em que vou reinar sempre.

Franville beija mil e mil vezes o divino objeto de seu amor. Separam-se. No outro dia ele transmite sua ventura a todos os amigos. A srta. de Villeblanche era um partido demasiado bom para que seus pais resistissem a ele. Esposou-a na mesma semana. A ternura, a confiança, o justo comedimento, a modéstia austera coroaram sua núpcias. E, se tornando o mais feliz dos homens, foi bastante sagaz para fazer da mais libertária das mulheres a mais sábia e decente das esposas.

## Faça-se como requerido

— Minha filha – disse a baronesa de Fréval à mais velha de suas filhas que ia se casar no dia seguinte –, você é bonita como um anjo, mal fez treze anos, impossível algo de mais fresco e gracioso, parece que o próprio amor se distraiu em lhe desenhar os traços, e no entanto se vê obrigada a se tornar amanhã a mulher de um velho togado cujas manias são bem suspeitas... É um acerto que me contraria, mas seu pai deseja. Preferia fazer de você uma mulher bem-situada e não vê-la arrastar pela vida o pesado título de presidenta... O que ainda me irrita é que talvez você o seja só pela metade. O pudor me impede de lhe explicar melhor. Mas é que esses velhos tratantes, que escolhem a tarefa de julgar os outros sem saber julgar a eles mesmos, acostumados a viver na indolência, têm fantasias barrocas. Esses tratantes se corrompem desde o berço, atolam na dissolução. Deslizando pelo impuro, as leis de Justiniano, as obscenidades da capital, como a cobra que só ergue às vezes a cabeça para engolir insetos, apenas saem do lodo para advertências e prisões. Assim, escute, filha, e não te curves... Dobrando a cabeça desse modo vai agradar tanto o presidente, que não duvido que a ponha contra a parede... Em suma, a questão é esta. Recuse sem hesitar ao seu marido a primeira coisa que ele propuser; sabemos que essa primeira coisa será sem dúvida desonesta e anormal, sabemos seus gostos. Há quarenta e cinco anos que, por princípios ridículos, esse infeliz de saias tem o costume de tomar as coisas pelo avesso. Não admitirá, minha filha, lhe dizendo: *Não, sr., por onde quiser, mas por aí não, certamente.*

Dito isso, preparam a srta. Fréval, a arrumam, banham, perfumam. O presidente chega, de cachos como um boneco, com pó de arroz até nos ombros, fungando, chiando, falando de lei e regulando o Estado. A julgar pela peruca, as roupas justas, o à vontade, se daria a ele apenas uns quarenta anos, quando está perto dos sessenta. Surge a noiva, ele a afaga e se sente já nos olhos do togado a depravação de seu coração. Chega enfim o momento... Despem-na, deitam. O presidente, pela primeira vez na vida, dando-se tempo em educar a aluna ou temendo os sarcasmos que poderiam provocar as indiscrições da mulher, pensa em colher os prazeres legítimos. Mas a srta. de Fréval, bem-instruída, lembrando que a mãe lhe disse para não aceitar de modo algum as primeiras propostas que lhe fossem feitas, não deixa de se opor:

– Não, sr., por onde quiser, mas por aí não, certamente.

– Sra. – tartamudeia estupefato o presidente –, posso lhe assegurar... Estava fazendo um esforço... É o decente.

– Não, sr., diga o que quiser, não me convencerá.

– Bem, é preciso satisfazê-la – cede o togado, se apossando de seus atrativos estimados. – Ficaria preocupado por não contentá-la, ainda mais na noite de núpcias, mas anote bem, sra., que, faça o que fizer no futuro, não me levará a mudar de rota.

– Está certo sr. – diz a jovem se pondo em posição –, não receie que o obrigue.

– Então vamos, já que quer assim – diz o homem da lei se amoldando como Ganímedes a Sócrates –, faça-se como requerido.

# O PRESIDENTE LUDIBRIADO

*Ah, fiem-se em mim, tão bem vou os festejar*
*Que em vinte anos não ousam se mostrar.*

Era com mortal pesar que o marquês d'Olincourt, coronel dos dragões, cheio de espírito, graça e vivacidade, via passar a srta. de Téroze, sua cunhada, pelo braço de um dos mais espantosos seres que ainda existiram sobre a face da Terra. Essa cativante mulher, com dezoito anos, fresca como Flora e feita como as graças, há quatro anos era amada pelo jovem conde d'Élbène, coronel substituto do regimento de Olincourt. Também ele não via sem medo o fatal instante em que, ligando-a ao insulso esposo que lhe destinavam, a separaria para sempre do único homem que a merecia, mas como resistir? A srta. de Téroze tinha um pai velho, teimoso, hipocondríaco e com gota, um homem que infelizmente imaginava que nem as conveniências nem as qualidades devessem decidir os sentimentos de uma mulher por um esposo, mas apenas a razão, a idade madura e principalmente o estado social, e que o de um magistrado era o mais reputado e majestoso da monarquia, o que ele mais apreciava no mundo. A seu ver, só com um homem togado sua filha mais moça seria feliz. No entanto, o velho barão de Téroze tinha dado a mais velha a um militar, pior, a um coronel dos dragões, e ela, extremamente feliz e feita para o ser sob todos os ângulos, nunca lamentou a escolha do pai. Mas isso não queria dizer nada; se esse primeiro casamento deu certo, foi sorte, de fato apenas um togado podia fazer a plena felicidade de uma mulher. Isso posto, era preciso dar com um togado. Ora, de todos os possíveis, o mais amável aos olhos do barão era um certo sr. de Fontanis, presidente soberano do Tribunal de Aix, que tinha outrora conhecido na Provença. Diante do que, sem mais, era o sr. de Fontanis que ia se tornar o esposo da srta. de Téroze.

Poucas pessoas imaginam um presidente do Tribunal de Aix. É uma espécie de animal de que se fala muito sem conhecer, rigorista pela posição, minucioso, crédulo, teimoso, fútil, poltrão, conversador e estúpido de caráter. Tenso como um ganso no modo de se portar, pronunciando mal como Polichinelo, comumente magro, comprido, fino e cheirando mal como um cadáver. Dir-se-ia que toda a bílis e rigidez da magistratura do reino foram se asilar no templo de Têmis da Provença, para daí se espalhar, se preciso, cada vez que uma corte francesa tenha advertências a fazer ou cidadãos a enforcar. Mas o sr. de Fontanis superava ainda esse leve esboço de seus colegas. Acima do talhe esguio, e mesmo algo curvado, que acabamos de mencionar, havia um crânio estreito e alto, decorado por uma testa amarela, continuada por uma peruca para várias situações, de um modelo inédito em Paris. Duas pernas, um pouco tortas, sustentavam, mal, este campanário ambulante, de cujo peito exalava, não sem inconvenientes para os vizinhos, uma voz esganiçada, gastando com ênfase longas saudações meio em francês, meio em provençal, de que ele mesmo não deixava de sorrir. Mas, abrindo tanto a boca que se notava até a campainha um abismo escuro, despojado de dentes, com escoriações em vários lugares e não se assemelhando pouco à abertura de certo sítio que, dada a estrutura de nossa insignificante humanidade, se torna tanto o trono de reis como de pastores. Fora esses atrativos físicos, o sr. de Fontanis tinha pretensões intelectuais. Depois de ter sonhado uma noite que subira ao terceiro céu com São Paulo, julgava-se o maior astrônomo da França. Explicava as leis como Farinacius e Cujas e se ouvia não raro ele dizer com esses grandes homens, e seus confrades que não são grandes, que a vida de um cidadão, sua fortuna, honra, família, tudo enfim que a sociedade encara como sagrado, nada é ante a descoberta de um delito e que mais vale arriscar cem vezes a vida de quinze inocentes que salvar um culpado, porque o céu é justo, se os tribunais não são, ao passo que absolver um culpado periga multiplicar os crimes na Terra. Só uma categoria de seres tinha direitos para a alma endurecida do sr. de Fontanis, a das prostitutas. Não que em geral delas fizesse maior uso, pois, embora quente, suas faculdades eram mesquinhas e pouco usáveis, seus desejos iam bem além de seus poderes. Visava à glória de transmitir seu ilustre nome à posteridade, mas o que o levava à indulgência com as sacerdotisas de Vênus é que pretendia existirem poucas mulheres mais úteis ao Estado, pois, por meio de suas patifarias, impostura e tagarelice, uma série de crimes chegavam a ser descobertos, e isso ele tinha de bom, era inimigo jurado do que os filósofos chamam as fraquezas humanas.

Essa união grotesca de aparência ostrogoda a uma moral justiniana saiu pela primeira vez da cidade de Aix em abril de 1779 e veio, a pedido do barão de Téroze, que ele conhecia há muito por motivos que não importam ao leitor, se hospedar no hotel da Dinamarca, não longe da casa do barão. Como estava então no tempo da feira de São Germano, todo o mundo no hotel julgou que esse animal extraordinário tinha vindo para se exibir. Um desses entes públicos, sempre oferecendo seus serviços nessas casas coletivas, chegou a lhe propor mesmo avisar a Nicolet, que ia ter prazer em lhe reservar um espaço, a menos que preferisse começar com Audinot. Disse o presidente*:

– Minha empregada me preveniu quando eu era pequeno que o parisiense era um tipo cáustico e pândego, que nunca faria justiça a minhas qualidades. Mas meu cabeleireiro acrescentou que minha juba o impressionaria. Bom povo, brinca enquanto morre de fome, canta quando o esmagam... Oh, sempre defendi que era preciso para esta gente uma inquisição como em Madri ou um cadafalso sempre armado como em Aix.

No entanto o sr. de Fontanis, depois de se lavar um pouco, o que não deixou de destacar o brilho de seus encantos sexagenários, depois de se aspergir de água de cheiro e lavanda, que não são, como diz Horácio, requintes ambiciosos, depois de tudo isso e talvez outras precauções que não me vieram ao conhecimento, o presidente foi se apresentar na casa do amigo, o velho barão. Abrem-se os dois batentes da porta, o anunciam, ele entra. Infelizmente para ele, as duas irmãs e o conde de Olincourt se divertiam, os três, como crianças num canto do salão, quando surge a figura original e, por esforços que fizessem, não puderam abafar os risos, que perturbaram a fundo o estudado comedimento do magistrado provençal. Esse tinha ensaiado diante de um espelho demoradamente sua saudação de entrada e a fazia passavelmente quando o maldito riso, escapado

---

* Fique o leitor avisado que é preciso provençalizar, pronunciando mal os erres, todas as falas do presidente, embora a ortografia não o indique. (N.A)

dos jovens, fez o presidente ficar em arco bem mais tempo do que se propunha. Mas conseguiu se reerguer e um olhar severo do barão ao três moços fez com que voltassem aos limites do respeito, começando o diálogo.

O barão, que queria andar depressa e tinha tudo resolvido, não deixou terminar essa primeira entrevista sem declarar à srta. de Téroze que esse era o marido que lhe escolhera e que devia casar com ele o mais tardar em oito dias. A srta. nada falou, saiu o presidente e o barão repetiu que desejava ser obedecido. A circunstância era cruel. Não apenas a bela moça adorava o sr. de Elbène e por ele era idolatrada, como, tão fraca quanto sensível, tinha já deixado o delicioso amante colher esta flor que, diferente das rosas com que às vezes é comparada, não tem como elas a faculdade de renascer a cada primavera. Ora, o que iria pensar o sr. de Fontanis, um presidente de Aix, ao ver a sua tarefa feita? Um magistrado provençal pode ter vários ridículos, são comuns na categoria, mas sabe o que é uma primeira vez, e espera usufruí-la ao menos numa oportunidade de vida, com aquela com que casa.

Isso coibia a srta. de Téroze que, embora viva e ágil, tinha toda a delicadeza que convém a uma mulher nesse caso, sentindo perfeitamente que o marido pouco a estimaria se se persuadisse de que ela lhe faltara com o respeito antes mesmo de conhecê-lo. Pois nada é tão justo como os preconceitos nessa matéria: não cumpre apenas que uma filha infeliz sacrifique os sentimentos do coração ao marido que os pais lhe oferecem, mas é ainda culpada se, antes de conhecer o tirano que a vai aprisionar, pode, escutando só a natureza, entregar-se à voz dessa um instante. A srta. de Téroze confiou suas penas à irmã, que, bem mais divertida que pudica e bem mais amável que devota, se pôs a rir como uma louca da confidência e em seguida a transmitiu ao marido. Esse decidiu que, estando as coisas em tal estado de rompimento e esgarçamento, não deviam ser oferecidas aos sacerdotes de Têmis, que não brincavam com coisas dessa importância, e que sua pobre irmãzinha não iria para a cidade do *cadafalso sempre armado*, pois podiam fazê-la subir nele para criar uma vítima do pudor. Sobretudo após a ceia, o marquês citava e mostrava erudição, e afirmou que a Provença era uma colônia egípcia, que os egípcios seguidamente imolavam jovenzinhas, e um presidente da corte de Aix, que não passa na origem de um colono egípcio, podia fácil mandar cortar à sua irmãzinha o mais belo pescoço do mundo...

– São uns cortadores de cabeças estes presidentes colonos. Cortam uma nuca – prosseguia Olincourt – como uma gralha abate nozes, nem olham muito se com justiça ou não. O rigor tem, como Têmis, uma venda que a estupidez coloca e na cidade de Aix os juízes não tiram nunca...

Resolveram então se reunir. O conde, o marquês, a sra. de Olincourt e a cativante irmã e foram jantar numa casinha do marquês no bosque de Bolonha, e ali o austero aerópago resolveu em estilo enigmático, semelhante às respostas da sibila de Cumes ou às sentenças do Tribunal de Aix, que pela origem egípcia tem direito aos hieróglifos, que era preciso que o presidente *casasse* e *não casasse*. Promulgada a sentença, bem instruídos os atos, voltam à casa do barão. A jovem não contraria o pai, Olincourt e a mulher afirmam que festejam um casamento tão bem planejado, elogiam o presidente, não riem mais quando ele aparece e tão bem conquistam o espírito do genro e do sogro que obtêm deles que o mistério do casamento se celebre no castelo de Olincourt, perto de Melun, bela gleba pertencente ao marquês. Todos estão de acordo, apenas o barão lamenta não poder partilhar a alegria de uma festa tão agradável, mas, se puder, irá vê-los.

Chega, enfim, o dia e os dois noivos são sacralmente unidos na igreja de São Suplício, de manhã cedo, sem ninguém, e em seguida partem para a casa de Olincourt. O conde de Elbène, disfarçado sob o nome de La Brie como criado de quarto de marquesa, recebe o grupo ao chegar e, terminada a ceia, leva os dois cônjuges ao quarto nupcial, onde dirigiu a instalação de máquinas e adornos que deve ele mesmo acionar.

– Em verdade, mimosa – diz o apaixonado provençal ao se ver só com a eleita –, você tem encantos que são os da própria Vênus, *caspita\**. Não sei onde os adquiriu, mas se pode correr a Provença inteira sem encontrar nada que a iguale.

E manuseando por cima das roupas a pobre moça que não sabia a que ceder, se ao riso, se ao medo:

– E tudo isso por aqui, e tudo aquilo por lá, Deus me condene e que nunca mais julgue uma prostituta, se estas não são as formas do amor sob as vestes brilhantes de sua mãe.

A essa altura entra La Brie trazendo duas tigelas de ouro e apresentando uma à jovem, outra ao presidente:

– Bebam, castos esposos – diz –, e possam um e outro encontrar nesta poção os presentes do amor e os dons do himeneu.

– Sr. presidente – diz ainda ao magistrado que quer saber do motivo da poção –, é um costume parisiense que

---
\* Imprecação provençal. (N.A.)

remonta ao batismo de Clóvis. Entre nós é de uso que, antes de realizar os mistérios de que um e outro vão se ocupar, tirem deste lenitivo, purificado pela bênção do bispo, as forças necessárias para o caso.

– Ah, isso! Pois não – prossegue o togado –, passe, passe, meu amigo... Mas, olhe, se acende a estopa, que sua jovem patroa se cuide. Já sou vivo demais e, se me leva ao ponto de não me conhecer, não sei o que acontecerá.

O presidente bebe e a esposa o imita, os criados saem e eles vão para a cama. Mas, no que se deita, o presidente tem dores agudas na barriga, uma necessidade tão urgente de aliviar sua débil natureza do lado oposto ao que era preciso que, sem atentar para onde está e sem nenhum respeito pela que divide com ele a cama, inunda esta e as cercanias de um dilúvio de bílis tão considerável que a srta. de Téroze, assustada, mal tem tempo de sair da cama e pedir ajuda. O sr. e a sra. de Olincourt, que não tinham se deitado de propósito, acodem rapidamente. Consternado, o presidente se tapa com os lençóis para não se mostrar, sem notar que quanto mais se esconde mais se suja. Torna-se por fim algo tão repulsivo que a jovem esposa e os que estão ali saem, lamentando seu estado e prometendo avisar o barão em seguida, a fim de que mande ao castelo um bom médico da capital.

– Ó céus! – exclama o pobre presidente prostrado, ao se ver só. – Que situação! Se ainda estivesse em casa, onde se pode fazer como quer, mas na primeira noite de núpcias, na cama da fêmea não posso conceber!

Um tenente do regimento de Olincourt, de nome Delgatz, que para atender aos cavalos da tropa tinha dois ou três cursos na escola veterinária, apareceu no dia seguinte com o título e o emblema de famoso filho de Esculápio. Aconselharam ao sr. de Fontanis a andar só de chambre, e a sra. presidente de Fontanis, a que no entanto ainda não devemos conceder esse nome, não ocultou ao marido quão interessante o achava nesses trajes. Ele possuía um chambre com listas vermelhas, bem justo, enfeitado com dobras e paramentos, sob o qual usava um coletinho escuro, ceroulas da mesma cor e um gorro de lã vermelha. Tudo isso, realçado pela interessante palidez causada por seu acidente na véspera, inspirava um redobrar de amor tal à srta. de Téroze que não queria o deixar só nem um quarto de hora.

– Puxa – se dizia o presidente –, como ela me ama. Era a mulher que o céu destinava à minha felicidade. Procedi bem mal à noite passada, mas tudo tem remédio.

Vem o médico, tira o pulso do doente, se impressiona com sua fraqueza. Pelos aforismos de Hipócrates e os comentários de Galiano, lhe demonstra que, se não se restaurar à noite, no jantar, com uma meia dúzia de garrafas de vinho da Espanha ou de Madeira, não conseguirá a defloração que se propõe. Mas, quanto à indigestão da véspera, afirma que não foi nada.

– Isso veio – diz – do fato de que a bílis não foi bem filtrada pelos tubos do fígado.

– Mas esse acidente – acrescenta o marquês – não é perigoso.

– Peço perdão, sr. – responde grave o prosélito do templo de Epidauro –, em medicina não há pequenas causas que não possam ter consequências, se a acuidade de nossa arte não suspende em seguida os efeitos. Podia sobrevir desse leve acidente uma alteração considerável no organismo do senhor. Essa bílis infiltrada, levada pela corrente da aorta à artéria subclávia, daí transportada às delicadas membranas de cérebro pelas carótidas, alterando a circulação dos espíritos animais, suspendendo sua atividade natural, teria podido produzir a loucura.

– Por Deus – fez-se ouvir a srta. de Téroze chorando –, meu marido louco, irmã, meu marido louco!

– Acalme-se, sra., não é nada, graças à rapidez de meus cuidados. Agora eu respondo pelo doente.

A essas palavras, renasceu a alegria nos corações. O marquês de Olincourt beijou ternamente o cunhado, mostrando-lhe de modo vivo, provinciano, o poderoso interesse que por ele tinha, e não se tratou mais de divertimentos. Neste dia, o marquês recebe vassalos e vizinhos. O presidente quis se arrumar, mas o impediram e o apresentaram na equipagem que vimos a toda sociedade local.

– Mas está cativante assim – dizia a todo o instante a malvada marquesa. – Digo mais, marido, se soubesse, antes de conhecê-lo, que a soberana magistratura de Aix possuía pessoas tão amáveis como meu querido cunhado, lhe afirmo que só escolheria cônjuge entre os membros dessa respeitável assembleia.

O presidente agradecia, se curvava sorrindo, parava diante dos espelhos a se dizer em voz baixa: *sem dúvida não sou feio*. Chegou a hora da janta e lá continuava o maldito médico que, bebendo como um suíço, não teve trabalho em persuadir o seu doente de imitá-lo. Tivera-se o cuidado de colocar junto a eles vinhos capitosos, que baralhando rápido as funções do cérebro puseram logo o presidente no ponto que se desejava. Levantaram-se. O tenente, que desempenhara tão bem seu papel, foi para a cama e no outro dia desapareceu.

A esposa veio apoiar nosso herói e conduzi-lo ao leito nupcial. Os demais os seguiram em corso, e a marquesa, sempre brilhante, ainda mais quando bebericava a sua champanha, lhe dizia que tinha se deixado ir demais e que receava que, escaldado pelos vapores de Baco, o amor ainda não pudesse esta noite arrastá-lo.

– Isso não é nada, sra. marquesa – respondeu o presidente. – Esses dois conquistadores reunidos se tornam ainda mais temíveis. Quanto à razão, que se perca no vinho ou nas chamas do amor; já que será perdida, que importa à qual dessas duas divindades a imolamos? Nós, magistrados, sabemos passar perfeitamente sem a razão. Banida de nossos tribunais como de nossas cabeças, nos divertimos em calcá-la aos pés. É o que faz obras-primas de nossas sentenças, pois, se o bom-senso nunca as preside, são executadas com tanta firmeza como se soubessem o que querem dizer. Tal como me vê, sra. marquesa – continuou o presidente cambaleando um pouco e juntando seu gorro vermelho que um instante de esquecimento do equilíbrio acabava de separar seu crânio pelado –, tal como me vê, sou uma das melhores cabeças da minha companhia. Fui eu, no ano passado, quem convenceu meus confrades a exilar da província, por dez anos, e assim arruinar para sempre, um fidalgo que tinha antes bem servido ao rei, e isso por uma questão de mulheres. Resistiram, dei minha opinião e o rebanho a ela se rendeu... Veja, sra., amo os costumes, amo a temperança e a sobriedade, o que contraria essas duas virtudes me revolta e trato severamente. Cumpre ser severo, o rigor é o filho da justiça... e a justiça é a mãe do... Perdão, sra., há momentos em que às vezes a memória me foge.

— Sim, sim, justíssimo — responde a louca da marquesa, saindo e levando os demais. — Cuide apenas para que tudo não vá esta noite lhe fugir como a memória, porque enfim é preciso chegar a um termo, e minha irmãzinha que o adora não vai se resignar eternamente com tal abstinência.

— Nada receie, sra. — fez o presidente, tentando seguir a marquesa com passo trôpego. — Nada receie, que eu garanto lhes apresentar amanhã a sra. de Fontanis, tão certamente quanto sou homem de trabalho. Não é verdade, pequena — dirige-se à companheira —, que findaremos esta noite nossa tarefa? Reparem como ela o quer. Não há pessoa em sua família que não se honre em aliar-se a mim, pois nada ufana mais uma casa que um magistrado.

— Ninguém duvida, sr. — responde a jovem —, pelo meu lado, lhe asseguro que nunca tive tanto orgulho desde que ouço me chamarem de sra. presidente.

— Acredito. Mas vamos, se arrume, meu astro. Me sinto pesado e queria, se possível, terminar nossa operação antes que o sono venha me apagar de todo.

Mas, como a srta. de Téroze, segundo o hábito das recém-casadas, não acabava nunca de se arrumar, não achava nunca o que procurava, ralhava com as domésticas e não terminava, o presidente, que não aguentava mais, resolveu se estender na cama, resignando-se a gritar durante um quarto de hora:

— Mas venha, que diabo, venha. Não imagino o que ainda está fazendo. Daqui a pouco será tarde.

Mas nada acontecia, e no estado de embriaguez em que estava nosso moderno Licurgo era difícil dormir com a cabeça num travesseiro. Cedeu à necessidade mais premente e roncava já, como se tivesse julgado alguma rameira de Marselha, antes que a srta. de Téroze tivesse posto a camisola.

– Ele está bem – disse o conde de Elbène entrando silenciosamente no quarto. – Vem, querida, vem me dar os felizes momentos que este grosseiro animal queria nos roubar.

Dizendo isso, leva consigo o tocante objeto de sua idolatria. As luzes se apagam no aposento nupcial, põem um colchão no soalho e, a um sinal dado, a parte do leito ocupada pelo nosso becado se separa do resto e, por meio de algumas roldanas, se ergue a metros do chão, sem que o estado soporífico em que ele se acha lhe permita perceber nada. No entanto, pelas três da manhã, despertado por certa plenitude na bexiga, lembrando-se de que viu de perto uma mesinha com o vaso necessário para se aliviar, tateia no escuro. Impressionado por só dar com o vazio em torno, se espicha e o leito, sustido apenas por cordas, cede à sua inclinação, terminando por jogar em meio do quarto o peso que o sobrecarrega. O presidente cai no colchão preparado, com tal surpresa que se põe a bramir como um vitelo que levam ao matadouro.

– Oi, que diabo é isso? Sra., sra., está aí sem dúvida, como foi essa queda? Me deitei ontem a um metro do chão e agora, para pegar o penico, caio de três metros de altura!

Como ninguém responde a suas reclamações, o presidente, que no fundo não estava tão mal deitado, renuncia às buscas e ali termina a noite, como se estivesse na sua enxerga provençal. Depois da queda, houve o cuidado de descer lentamente o leito e readaptá-lo à parte de que tinha sido separado, parecendo uma cama só. Pelas nove da manhã, a srta. de Téroze entrou devagar no quarto e em seguida abriu todas as janelas e chamou suas criadas.

— De fato, sr. — diz ao presidente —, seu trato não é fácil, cumpre reconhecer. Vou me queixar à família das atitudes que tem comigo.

— Que aconteceu? — desperta de todo o presidente, esfregando os olhos e nada entendendo do acidente que o atirou em terra.

— Como, o que aconteceu? — contesta a jovem interpretando o mau humor do melhor modo. — Quando, movida pelos sentimentos que devem me ligar ao sr., me acerquei de sua pessoa esta noite para receber a certeza de seus sentimentos, me empurrou com fúria e me jogou no chão...

— Céus! — diz o presidente. — Começo a entender alguma coisa. Peço-lhe mil desculpas. De noite, premido por uma necessidade, busquei um modo de satisfazê-la, e, nos movimentos que fiz, caí da cama e a derrubei sem dúvida. Me desculpe, pois certamente eu sonhava, tanto que julguei cair de uns três metros de altura. Vamos, não foi nada, não foi nada, meu anjo. Adiemos o assunto para a próxima noite e respondo por mim. Só vou beber água. Mas ao menos me beije, coração, vamos fazer as pazes antes de nos juntar aos outros, senão vou pensar que está braba comigo, o que não desejo nem por um império.

A srta. de Téroze emprestou uma de suas rosadas faces, ainda marcada pela chama do amor, aos sujos beijos do velho fauno. Entram os criados e os dois esposos têm o cuidado de esconder a malsinada catástrofe noturna.

Todo o dia se passa em diversões e principalmente num passeio que, afastando o sr. de Fontanis do castelo, dava tempo a La Brie de preparar novas cenas. O presidente, resolvido a levar a termo seu matrimônio, se cuidava tanto nas refeições que tornou impossível usar os mesmos métodos para atacar seu entendimento, mas ainda bem que havia outros meios à disposição, e o interessante de Fontanis tinha demasiados inimigos contra si para que pudesse escapar às armadilhas deles. Deitam.

– Esta noite, anjo – diz o presidente à jovem metade –, me orgulho de que não se escapará.

Mas, se mostrando valente assim, era preciso que as armas que ameaçava empregar estivessem no estado conveniente. Como queria se apresentar para o ataque em perfeita regra, o pobre provençal fazia, de seu lado, incríveis esforços. Ele se alongava e enrijecia, com todos os nervos, numa contração que o fazia pressionar a cama com muito mais força do que se tivesse se mantido em repouso. Quebraram enfim as tábuas preparadas do soalho, lançando o desastrado num cocho de porcos, localizado justamente sob o seu quarto.

Muito debateu o grupo do castelo quem devia ter ficado mais surpreendido, se o presidente ao se ver entre os animais tão comuns em sua região, ou esses animais vendo entre eles um dos mais célebres magistrados do Tribunal de Aix. Uns pretenderam que a satisfação devia ter sido igual de parte a parte. De fato, o presidente não devia se assombrar de se achar por assim dizer em casa, de respirar um instante o sabor de sua terra, e, de outro lado, os impuros animais, proibidos por Moisés, deviam render graças aos céus por encontrar enfim um legislador à sua frente, e da corte de Aix, que, acostumado desde criança a julgar causas relativas ao elemento favorito dessas boas alimárias, as porcas, poderia um dia consertar e prevenir as discussões sobre esse elemento, de papel relevante na organização de uns e outros.

De qualquer forma, como o contrato de ambos foi repentino e a civilização, mãe da polidez, está tão avançada entre os membros do Tribunal de Aix como entre os animais desprezados pelo israelita, houve de início uma espécie de choque, em que o presidente não colheu louros: foi batido, empurrado, molestado por focinhadas. Fez admoestações, não o escutaram; ameaçou fazer constar, nada; baixar *decreto*, não se comoveram; com o exílio, lhe pisaram nos pés, e o pobre Fontanis, escorrendo sangue, pensava em sentenciar nada menos que à fogueira, quando enfim acorreram para ajudá-lo.

La Brie e o coronel, com tochas, vieram procurar desembaraçar o magistrado do barro em que estava enterrado. Não era fácil nem cheiroso saber por onde pegá-lo, pois estava devidamente guarnecido dos pés à cabeça. La Brie foi buscar um forcado, um servidor chamado na hora trouxe outro, e assim tiraram, do modo que deu, o nosso homem da infame cloaca que o inumara a sua queda. Onde levá-lo era a questão, e espinhosa de resolver. Cumpria purgar o decreto e que o culpado lavasse a cara – o coronel propôs cartas de absolvição, mas o moço de estrebaria, que ignorava essas grandes palavras, sugeriu que o metessem um par de horas no bebedouro, mantendo-o bem mergulhado, e depois com molhos de palha se acabaria de fazer um primor. Mas o marquês achou que o frio da água podia alterar a saúde do irmão e, tendo La Brie afirmado que a pia da cozinha dispunha ainda de água quente, para lá levam o presidente. Confiado aos cuidados desse discípulo de Como\*, foi limpo num instante como uma tigela de porcelana.

---

\* Deus que entre os gregos presidia os prazeres da mesa. (N.T.)

– Não lhe proponho que regresse ao lado de sua esposa – diz Olincourt ao ver o magistrado reposto. – Conheço sua delicadeza. La Brie o levará a um pequeno aposento de rapaz, onde vai passar tranquilo o resto da noite.

– Bem, caro marquês – diz o presidente –, aprovo a ideia. Mas há de convir que pareço enfeitiçado para que tantas coisas me ocorram assim todas as noites, desde que estou neste maldito castelo.

– Deve haver alguma causa interna física – observa o marquês. – O médico estará aí amanhã e o aconselho a consultá-lo.

– Sem dúvida – admite o presidente. No pequeno quarto, com La Brie, comenta ao se deitar. – E eu estava, meu caro, como nunca perto do meu objetivo.

– Uma pena, sr. – responde o ágil rapaz, saindo. – Há aí uma fatalidade do céu e lhe afirmo que o lastimo de coração.

Delgatz, tendo apalpado o pulso do presidente, deu-lhe a certeza de que o rompimento das tábuas vinha de um ingurgitamento dos vasos linfáticos que, duplicando a massa dos humores, aumentava geometricamente o volume animal. Desse modo, convinha fazer uma austera dieta que, chegando a purificar o azedume dos humores, diminuísse o peso físico, contribuindo para a meta fixada, que aliás...

– Mas, sr. – de Fontanis o interrompe –, me desanquei e luxei o braço esquerdo nessa queda incrível.

– Acredito – prossegue o doutor –, mas esses acidentes secundários não me preocupam. Vou sempre às causas e é preciso trabalhar no sangue, sr. Diminuindo a acrimônia da linfa, liberamos os vasos e, se tornando melhor a circulação neles, diminuímos forçosamente a massa física, de onde resulta que, os soalhos não mais cedendo ao seu peso, poderá daí em diante se entregar na cama a todos os exercícios que lhe agradem sem correr novos riscos.

– E o meu braço, sr., minha bacia?

– Vamos limpar, sr., limpar. Uma sangria em cada lugar e tudo se restabelecerá insensivelmente.

A dieta começou no mesmo dia. Delgatz não se afastou do doente por uma semana. Só lhe permitia caldo de galinha, sangrava três vezes seguida, sobretudo o proibia de pensar na mulher. Por ignorante que fosse o tenente Delgatz, seu regime teve pleno êxito. Contou aos outros que tinha tratado dessa forma, quando praticava na escola de veterinária, um asno que tinha caído num buraco fundo e que, num mês, restaurado, o animal transportava com galhardia sacos de gesso, como sempre fizera. De fato, o presidente que era mesmo bilioso se tornou fresco e vermelho, as contusões desapareceram, e todos queriam vê-lo restabelecido para que tivesse forças de aguentar o que ainda o aguardava.

No décimo segundo dia de tratamento, Delgatz tomou o doente pela mão entregando-o à srta. de Téroze:

– Está aqui, sra., este homem rebelde às leis de Hipócrates. Passo-o são e salvo e, se se abandonar sem freio às forças que lhe devolvi, teremos o prazer de ver antes de seis meses – prosseguiu Delgatz, tocando de leve a barriga da srta. de Téroze – este belo talhe arredondado.

– Deus o ouça, doutor – respondeu a marota –, pois há de convir que é duro ser mulher há quinze dias sem ter deixado de ser senhorita.

— Minha incomparável — intervém o presidente —, não se tem uma indigestão todas as noites, todas as noites a necessidade de urinar não faz cair da cama, nem crendo encontrar os braços de uma bonita dama, se cai sem cessar numa pocilga.

— Vamos ver — dá um fundo suspiro a jovem de Téroze —, vamos ver, mas, se me amasse como o amo, todas essas desgraças não lhe teriam acontecido.

O jantar foi alegre. A marquesa, amável e malvada, apostou com o marido a favor do sucesso do cunhado e se recolheram. Mudaram de roupa às pressas e a srta. de Téroze pediu ao marido, por pudor, para não deixar nenhuma luz no quarto. Esse, demasiado vencido para recusar qualquer coisa, concede tudo o que querem, e vão para cama. Sem obstáculos, o intrépido presidente triunfa, colhe ou julga colher enfim a preciosa flor a que se tem a loucura de dar tanta importância. Cinco vezes seguidas é coroado pelo amor, até que surge o dia, se abrem as janelas e o sol que deixam penetrar no quarto mostra ao vencedor a vítima que acaba de sacrificar... Em que ele se transforma quando percebe uma velha negra em lugar da mulher, um rosto tão escuro quanto horrível substituir os delicados traços de que se julgava possuidor! Joga-se para trás, brada que está enfeitiçado, quando, acorrendo sua mulher e o surpreendendo com essa deusa africana, lhe pergunta, azeda, o que fez para ser assim tão cruelmente enganada.

— Mas não foi com a sra. que ontem...

— Eu, sr., envergonhada, humilhada, pelo menos não tenho a me censurar lhe ter faltado com o respeito. Viu esta mulher junto a mim e me afastou brutalmente para pegá-la. Fez ela ocupar na cama o lugar que me era destinado e me retirei confusa, só tendo as lágrimas por alívio.

– Diga, anjo, está certa do que conta?

– Monstro, quer ainda me insultar? Depois de ofensa tão grande, me retribui com sarcasmos quando só espero consolos? Venham, venham, minha irmã, toda a família! Venham ver por que criatura fui passada para trás! – clamou a esposa frustrada em seus direitos, derramando uma torrente de lágrimas. – Amigos – continuou a srta. de Téroze em desespero, reunindo todo o mundo em volta dela –, me socorram, me deem armas contra este perjuro. Podia esperar isto, o adorando como adoro?

Nada de mais engraçado do que a cara de Fontanis a essas palavras surpreendentes. Ora lançava olhares espantados para a negra, ora encarava a esposa com uma atenção imbecilizada, que chegava a inquietar sobre o estado de seu cérebro. Por uma singular fatalidade, desde que o presidente estava em Olincourt, La Brie, o rival disfarçado a quem devia mais temer, se tornou a pessoa, de todas as que lá se achavam, em que mais confiava. Chamou-o.

– Amigo – lhe disse –, como sempre me pareceu um rapaz razoável, quer me fazer o favor de dizer se percebeu em mim alguma alteração mental.

– Para ser franco – respondeu o outro com um ar triste e confundido –, nunca teria ousado lhe dizer, mas, já que me dá a honra de pedir minha opinião, não lhe ocultarei que, desde a sua queda entre os porcos, suas ideias nunca emanaram puras das membranas do cerebelo. Mas não se preocupe, que o médico que o tem tratado é uma das maiores sumidades que já tivemos nesse setor. Olhe, houve aqui um juiz de paz que enlouqueceu a tal ponto que processava na hora a qualquer jovem que se divertisse com uma mulher fácil. Tinha sempre na boca decretos, sentenças, exílios e outras chaturas desses tipos cômicos. Pois bem, o nosso doutor, esse homem universal que já teve a honra de o medicar com dezoito sangrias e trinta e dois remédios, pôs a cabeça do juiz de paz tão sã como se nunca tivesse julgado na vida. Veja – La Brie se virou para o ruído que ouvia –, bem se diz que não se fala de um burro sem que esse mostre as orelhas. Olhe o próprio aí.

– Bom dia, querido doutor – saúda a marquesa vendo chegar Delgatz. – Penso que nunca tivemos necessidade de seu saber. Nosso amigo, o presidente, teve ontem à noite um desarranjo mental que o levou a pegar esta negra em lugar da esposa, apesar da oposição de todos.

– De todos –, duvidou o presidente. – Quem de fato se opôs?

– Eu, em primeiro lugar e com decisão – respondeu La Brie –, mas se deixava ir com tanto vigor que preferi desistir a me expor a ser maltratado.

Diante dessa, o presidente, esfregando a testa, começou a ignorar onde estava. O médico se aproximou, lhe tirando o pulso:

– Esse é mais sério que o último acidente – Delgatz desceu os olhos. – É um resto ignorado da última moléstia, um fogo encoberto que escapa ao olho inteligente do clínico e chameja no instante em que se pensa menos nele. Há uma definitiva obstrução no diafragma e um heretismo prodigioso na organização.

– Heretismo? – se irritou o presidente. – Que quer dizer este aí com heretismo? Saiba, seu tratante, que nunca fui herético. Vê-se bem que, pouco versado na história da França, desconheces que fomos nós que queimamos os heréticos. Visita nossa região, olha Mérindol e Cabrières fazendo ainda fumaça das fogueiras que nela acendemos, passeia pelos rios de sangue com que os respeitáveis membros do nosso Tribunal regaram tão bem a província, ouve ainda os gemidos dos infelizes que imolamos à nossa ira, os soluços das mulheres que apartamos dos esposos, os gritos das crianças que afastamos das mães, examina enfim todos os horrores santos que cometemos e verás se, depois de uma conduta tão prudente, pode qualquer um como tu nos chamar de heréticos.

O presidente, que continuava na cama ao lado da negra, lhe tinha, no calor da tirada, dado um soco no nariz, e a pobre fugiu, uivando como uma cadela de que tiram os filhotes.

– Bem, bem, que fúria é esta, presidente? – diz Olincourt, se acercando do enfermo. – Onde se viu portar-se assim? Repare que sua saúde se altera e é essencial cuidar dela.

– Me falando nesse tom, eu escuto, mas ser chamado de herético por esta criatura aí, reconheça que não posso admitir.

– Ele não pensou nisso, caro irmão – diz a marquesa com amenidade –, heretismo é sinônimo de inflamação, nunca de heresia.

– Ah, perdão, sra. marquesa, houve confusão, termos tão próximos... De acordo, que este grave discípulo de Averróis se adiante e fale, ouvirei. Faço mais, sigo o que disser.

Delgatz, que a férvida peroração do presidente afastou, de medo de receber um golpe como a negra, voltou à beira da cama.

— Repito-lhe — diz o novo Galeno a tirar o pulso do paciente —, grande heretismo na organização.

— Here...

— Sem agá, sr. — diz rápido o doutor curvando os ombros na expectativa de um soco. — Temos de proceder a uma flebotomização súbita na jugular, a ser seguida por repetidos banhos gelados.

— Não estou muito de acordo com a sangria — fala Olincourt. — O sr. presidente não está mais na idade de resistir a esses ataques sem uma necessidade real. Não tenho, aliás, a exemplo dos filhos de Têmis e Esculápio, a mania do sangue. Minha ideia é que há poucas doenças que exijam que ele corra, como poucos crimes, que seja derramado. O sr. me aprovará, presidente, quando é o caso de poupar o seu sangue, mas não sei se o fará tendo menos interesse.

— Aprovo a primeira parte do seu discurso — considerou o presidente —, mas permita que reprove a segunda. É com o sangue que se apaga o crime, só com ele se o purga e previne. Compare todos os males que o crime pode produzir na Terra com o pequeno mal de uma dúzia de infelizes executados por ano para o prevenir.

— Seu paradoxo não tem senso comum, amigo — retorna Olincourt —, é ditado pelo rigor e a toleima e no sr. um vício de profissão e de província que cumpre renegar para sempre. Fora de que esses rigores tolos nunca detiveram o crime, é absurdo dizer que um delito possa compensar um outro e que a morte de um segundo homem possa ser boa à de um primeiro. O sr. e os outros deveriam enrubescer por tais práticas, que provam menos integridade que um imperioso gosto pelo despotismo. Há motivos para serem chamados de carrascos da humanidade. Destroem mais homens sozinhos que todos os flagelos reunidos da natureza.

– Senhores – interrompe a marquesa –, não parece que seja nem o caso nem o instante para semelhante debate. Em lugar de acalmar meu novo irmão – dirigiu-se ao marido –, acaba de inflamar seu sangue e vai talvez tornar sua moléstia incurável.

– A sra. marquesa tem razão – diz o doutor –, permita, sr., que ordene à La Brie mandar pôr vinte quilos de gelo na banheira, enchê-la em seguida com água do poço, e, durante essa preparação, eu faça meu paciente levantar.

Todos se retiram. O presidente se ergue, hesita ainda um pouco sobre esse banho de gelo que, afirma, vai anulá-lo umas seis semanas, mas não consegue se subtrair a ele. Desce, o mergulham na banheira e aí o mantêm por dez ou doze minutos, aos olhos de todos, dispersos pelos cantos para se divertirem com acena. Por fim, ele se seca, veste e reaparece no círculo como se nada.

A marquesa, depois do jantar, sugere um passeio.

– A diversão há de fazer bem ao presidente, não é doutor? – pergunta a Delgatz.

– Sem dúvida, a sra. deve lembrar que não há hospital em que não se deem aos loucos um pátio para tomarem ar.

– Espero – diz o presidente – que não me veja ainda como sem esperanças.

– Decerto que não – segue Delgatz. – É um leve extravio que, bem combatido, não deve ter consequências. É preciso refrescar o sr. presidente, muita calma.

– Como, sr., crê que esta noite não posso ter a minha desforra?

– Só essa sua ideia me faz tremer. Se tivesse com o sr. o rigor que tenho com os outros, lhe proibiria as mulheres durante três ou quatro meses.

– Três ou quatro meses, por Deus! – e se virando para a esposa: – Três ou quatro meses, querida, aguentaria, aguentaria?

– Oh, o sr. Delgatz amenizará isso, espero – responde com fingida ingenuidade a Téroze –, terá ao menos piedade de mim, se não quiser ter do sr.

E saíram para o passeio. Havia uma travessia de balsa para ir até a casa de um fidalgo vizinho, que estava a par de tudo e esperava o grupo para comer. Na balsa, os jovens passam às brincadeiras e de Fontanis, para agradar a mulher, tenta imitá-los.

– Presidente, diz o marquês –, aposto que não fica suspenso como eu da corda da balsa, assim por vários minutos.

– Nada mais fácil – diz o presidente, terminando de cheirar seu rapé e se erguendo na ponta dos pés para pegar a corda.

– Olha só, muito melhor que você, meu irmão – diz a Téroze menor ao ver o marido no ar.

Mas, enquanto o presidente suspenso faz admirar suas graças e elegância, os bateleiros de combinação remam forte e a barca, acelerando, deixa o pobre homem entre o céu e a água. Ele grita, pede ajuda. A travessia vai em meio e há ainda mais de trinta metros até a margem.

– Faça como puder – lhe gritam. – Vá com as mãos até a margem, que o vento nos leva, está vendo, é impossível voltar.

O presidente, se espichando, gemendo, se debatendo, faz o que pode para voltar à barca que, à força dos remos, mais se distancia. Se há um quadro agradável é por certo o de ver assim dependurado, com a grande peruca e o fraque preto, um dos mais graves magistrados do Tribunal de Aix.

– Presidente – grita-lhe o marquês, numa gargalhada –, isso não passa de um ato da providência, é o talião, amigo, o talião, essa lei predileta de suas cortes. Não pode se queixar de ficar pendurado assim quem condenou outros seguido ao mesmo suplício, sem que o merecessem decerto mais que o sr.

Mas o presidente não podia mais ouvi-lo. Horrivelmente cansado com o exercício violento a que o forçavam, as mãos lhe falham e cai como uma massa na água. Na hora, dois mergulhadores que estavam já a postos vão socorrê-lo e o trazem a bordo, molhado como um peixe e blasfemando como um cocheiro. Começou se queixando da brincadeira fora de hora. Juraram que não houve brincadeira, que um golpe de vento afastou a barca. Vão aquecê-lo na cabana do bateleiro, muda de roupa, é bem tratado, sua mulherzinha faz o possível para que esqueça o acidente, e Fontanis, enamorado e fraco, em seguida ri com todo mundo do espetáculo que acabou de dar.

Chega-se enfim à casa do fidalgo, onde a recepção é maravilhosa e um grande lanche é servido. Insistem para que o presidente coma um creme de amendoim, que mal lhe chega dentro o obriga a se informar onde fica a privada. Abrem-lhe uma muito escura. Horrivelmente apressado, se senta e alivia com presteza. Mas, feito isso, não pode mais se levantar.

– Ainda mais essa! – exclama, dando de rins.

Mas, faça o que faça, não consegue se safar. Entretanto sua ausência provoca comentários, se quer saber onde possa estar. Enfim se escutam seus gritos, que atraem os presentes ao reservado fatal.

– Que diabo faz aí tanto tempo, meu amigo? – quer saber Olincourt –, teve alguma cólica?

– Irra – grita o pobre, dobrando os esforços para se erguer –, pois não vê que fiquei preso...

Mas, para dar à audiência um espetáculo mais divertido e aumentar os esforços do presidente de sair do maldito lugar, lhe passam por baixo uma pequena chama de álcool que lhe chamusca a pele, fazendo-o dar pulos com horríveis caretas. Quanto mais riem, mais ele se encoleriza, invectiva as mulheres, ameaça os homens e, na medida em que enfurece, se torna mais cômico de olhar. Com os movimentos que faz, a peruca se separa do crânio, onde os músculos respondem mais comicamente às contorsões da face. O fidalgo vem enfim e lhe pede mil desculpas por não o terem avisado de que aquela privada não estava em condições de o receber. Seu pessoal e ele descolam do melhor modo o infeliz paciente, não sem lhe fazer perder uma lista circular da pele que, apesar de tudo, fica colada no assento do vaso em que os pintores tinham posto uma cola forte para que a tinta depois pegasse bem.

Quando Fontanis voltou ao círculo, adotou um tom de desafio:

– Na verdade, têm sorte em contar comigo e sirvo à maravilha para se divertirem.

– Injusto amigo – defendeu-se Olincourt –, por que atribui a nós os acidentes que o acaso lhe envia? Pensei que bastasse ter o cabresto de Têmis para que a equidade se tornasse uma virtude natural, mas vejo que me enganei.

– É que suas ideias não são claras sobre o que se chama de equidade – diz o presidente. – No foro, admitimos várias espécies de equidade, a que denominamos relativa, a pessoal...

– Devagar – torna o marquês –, nunca vi praticarem muito a virtude que se analisa tanto. O que chamo de equidade é simplesmente a lei da natureza. É-se íntegro ao segui-la e nos fazemos injustos ao nos separarmos dela. Diga, presidente, se se entregasse a um capricho da fantasia em sua casa, acharia equidoso o que uma tropa de grosseirões, tendo trazido o fogo até o seio da sua família, dando aí, à força de armadilhas inquisitoriais, safadezas e delações compradas, com aspetos desculpáveis há trinta anos, se aproveitem dessa atroz intromissão para o perder, banir, manchar seu nome, desonrar seus filhos e pilhar seus bens? Diga, amigo, diga o que pensa, consideraria equidosos a esses patifes? Se de fato admite um Ser supremo, adoraria a esse modelo de justiça se a exercesse assim em relação aos homens, não recearia estar a ele submetido?

– E como pensa que deve ser, por favor? Quê! Nos censura por procurar o crime, quando esse é o nosso dever.

– Falso, o dever de vocês consiste apenas em puni-lo quando ele se descobre por si mesmo. Deixem às estúpidas e ferozes regras da inquisição o bárbaro e chão cuidado de procurá-lo com vis espiões ou infames delatores. Nenhum cidadão pode estar tranquilo quando, cercado por criados subornados por vocês, tem a vida e a honra a todo instante nas mãos de gentes que, azedadas pela submissão, creem dela se subtrair ou aliviá-la vendendo-lhes aquele que a impõe. Multiplicarão os patifes no Estado, tornarão fingidas as criadas, caluniadores os domésticos, ingratos os filhos, duplicarão a soma dos males sem ter feito nascer um bem.

– Não se trata de fazer nascer bondades, sim de destruir o crime.

– Mas seus meios o multiplicam.

– É a lei, devemos segui-la. Não somos legisladores, caro marquês, somos executores.

– Sim, *executores* – Olincourt começa a se esquentar –, diga melhor, ilustres carrascos que, inimigos naturais do Estado, se deliciam em se opor à sua prosperidade, em colocar obstáculos à sua felicidade, manchar sua glória e fazer correr sem razão o precioso sangue de seus súditos.

Apesar dos dois banhos de água fria que Fontanis tinha tomado aquele dia, a bílis é algo tão difícil de anular num homem togado que o pobre presidente fremia de ira por ouvir desfazer assim de um ofício que julgava tão respeitável. Não concebia que o que se chama de magistratura pudesse ser vilipendiado dessa maneira, e ia talvez replicar como um marujo marselhês se as damas não se acercassem e sugerissem voltar. A marquesa indagou do presidente se uma nova necessidade não o apressaria.

– Não, não, sra. – atalha o marquês –, o respeitável magistrado não tem sempre cólicas, convém lhe perdoar se encarou a coisa tão a sério há pouco. É doença comum em Marselha ou em Aix esse pequeno movimento das entranhas e, desde que se viu um punhado de patifes, confrades do nosso alegre amigo, julgar como envenenadas algumas rameiras que tiveram cólicas, não é de admirar que uma cólica passe a assunto grave para um magistrado provençal.

De Fontanis, um dos juízes mais encarniçados nessa causa que tinha coberto de vergonha para sempre os magistrados da Provença, estava num estado difícil de retratar, balbuciava, pateava, escumava, parecia um cão em luta que não consegue morder o adversário. Olincourt dominava a situação.

– Olhem para ele, sras., e me digam, peço, se julgam amena a sorte de um nobre que, descansado em sua inocência e boa-fé, visse latir junto às calças quinze mastins como este.

O presidente ia se zangar a sério, mas o marquês, que ainda não queria um corte e prudentemente ganhou sua viatura, deixou à srta. de Téroze pôr o bálsamo nas feridas que ele fez. Não foi fácil para ela, mas sempre o conseguiu. Atravessaram de balsa, sem que o presidente tivesse vontade de dançar pendurado na corda, e chegaram em paz ao castelo. Jantou-se e o doutor teve o cuidado de lembrar a de Fontanis a precisão de observar a abstinência.

– Por Deus, sua recomendação é inútil – diz o presidente. – Como quer que um homem que passou a noite com uma negra, que de manhã chamaram de herético, a quem fizeram tomar um banho de gelo em vez do café da manhã, que pouco depois caiu no rio, que, ao se aliviar, teve, como um pardal na vara enviscada, o traseiro calcinado, e a quem se ousou dizer na cara que juízes que buscam o crime não passam de desprezíveis velhacos e que rameiras com cólicas não são rameiras envenenadas, como quer que esse homem pense ainda em desvirginar uma mulher?

– Fico contente vendo-o razoável – diz Delgatz, o acompanhando ao pequeno quarto de rapaz que ocupava quando sem planos sobre sua mulher. – Digo-lhe que, se continuar assim, logo vai sentir o bem que disso resultará.

No dia seguinte, os banhos gelados recomeçaram e, durante todo o tempo que o empregaram, o presidente não se opôs à necessidade do regime. A deliciosa de Téroze pôde ao menos gozar em paz, nesse intervalo, todos os prazeres do amor nos braços do sedutor Elbène. No fim de quinze dias, de Fontanis, refrescado como estava, voltou a se tornar galante com a mulher.

– Oh, sr. – diz a pessoinha quando se vê em situação de não poder mais recuar –, tenho no momento outros assuntos na cabeça além do amor. Leia o que me escrevem, estou arruinada.

E mostra uma carta ao marido em que esse vê que o castelo de Téroze, distante quatro léguas dali e num canto da floresta de Fontainebleau em que ninguém ousa ir, castelo cuja renda forma o dote da esposa, está há seis meses habitado por fantasmas. Fazem esses um barulho assustador, prejudicam o encarregado da fazenda, degradam a terra e impedirão o presidente e a mulher, se não puserem ordem nisso, de ver nunca um centavo desse bem.

– Notícia temível – diz o magistrado devolvendo a carta –, mas não podemos dizer a seu pai para nos dar outra coisa que não este feio castelo?

– E o que quer que nos dê, sr.? Não esqueça que sou a filha mais moça apenas, e ele deu muito à minha irmã. Ficaria mal se eu quisesse exigir outra coisa. Temos de nos contentar com isso e procurar pôr ordem.

– Mas seu pai conhecia esse inconveniente quando a casou.

— Concordo, mas não julgava que fosse a esse ponto. Ademais isso não tira nada do valor da doação, só lhe retarda os efeitos.

— O marquês está a par?

— Sim, mas não se atreve a lhe falar.

— Faz mal, devemos conversar a respeito.

Chamam Olincourt, que não nega os fatos, e se acerta que o mais simples a fazer é ir lá, apesar dos riscos, e morar no castelo dois ou três dias para pôr fim às desordens e ver em suma o melhor a fazer quanto à renda.

— Tem coragem, presidente? – pergunta o marquês.

— Eu, conforme. Coragem é qualidade de pouca monta em nossas funções.

— Sei bem – diz o marquês –, lhes basta a ferocidade. Da coragem, como de quase todas as outras qualidades, têm a arte de despojar tão bem os outros que só apreciam o que as desperdiça.

— Bem, continua com seus sarcasmos, marquês. Vamos entrar na razão e deixar as maldades.

— Vá, é preciso ficar um tempo no Téroze, acabar com os fantasmas, pôr em ordem seus arrendamentos e voltar para dormir com a sua mulher.

— Espere aí, sr., um momento, se permite. Não andemos tão depressa. Já imaginou os riscos de se meter com esses entes? Um bom processo, seguido de um acórdão, é bem mais fácil.

— Já voltamos aos processos e acórdãos... Vocês excomungam como padres! Atrozes armas da tirania e da estupidez! Quando esses hipócritas de saias, esses pedantes de fraque, sequazes de Têmis e de Maria vão parar de crer que sua conversa fiada e seu papel idiota tenham alguma repercussão no mundo? Aprende, irmão, que para enfrentar patifes tão determinados é preciso a baioneta, a pólvora e as balas. Decide-te a morrer de fome ou à ousadia de combatê-los assim.

— Marquês, está raciocinando como coronel dos dragões. Vejo as coisas como homem togado, cuja pessoa é sagrada e interessa ao Estado, não devendo se expor tão levianamente.

— Sua pessoa interessa ao Estado, presidente? Há tempos que eu não ria, mas está me forçando. Mas por que diabos imagina, pergunto, que um homem em geral de nascimento obscuro, sempre revoltado contra o bem que seu patrão possa desejar, nunca o servindo-o, nem com a bolsa nem com a pessoa, opondo-se sem cessar às suas boas intenções, cuja única tarefa é fomentar a divisão dos súditos e do reino e molestar os cidadãos, pergunto, como pode imaginar que tal ser possa possuir qualquer valor para o Estado?

— Não respondo, se se deixa levar pela paixão.

— Vamos ao fato, amigo, concedo, ao fato. Pensasse eu trinta dias no caso, devesse pedir a burlesca opinião de teus confrades, diria sempre que não há outro meio senão irmos morar em casa dos que pretendem nos levar por diante.

O presidente ainda tergiversou, se defendeu por mil paradoxos, cada um mais absurdo ou orgulhoso que o outro, mas terminou combinando com o marquês que partiria no dia seguinte com ele e dois lacaios da casa. O presidente pediu que La Brie também fosse, pois tinha grande confiança no rapaz, não se sabe bem por quê. Mas Olincourt, a par das importantes obrigações que iam reter La Brie no castelo durante essa ausência, respondeu que era impossível levá-lo. Desde o amanhecer, no outro dia, preparavam-se para a viagem. As moças, que levantaram para isso, puseram no presidente uma velha armadura que encontraram no castelo. A jovem esposa, ao lhe colocar o elmo, lhe desejou felicidades e que regressasse em seguida para receber os louros que iria colher. Ele a beija terno, monta no cavalo e segue o marquês. Tinha-se posto a vizinhança a par da brincadeira que ia acontecer. Emagrecido, o presidente, em seu paramento militar, ficou tão ridículo que o seguiam de um castelo a outro com gargalhadas e vaias. Por única consolação, o coronel, que se mantinha sério, às vezes se acercava e lhe dizia:

– Já vê, meu amigo, este mundo não passa de uma farsa. Ora ator, ora público, tomamos parte na cena ou a julgamos.

– Sim, mas estamos aqui sendo vaiados.

– Pensa que sim? – repontava fleumático o marquês.

– Sem dúvida – afirmava de Fontanis –, e há de reconhecer que é duro.

– E daí? Não está acostumado a esses desastrezinhos, nem imagina que a cada imbecilidade que fazem, em suas tribunas com flores de lis*, o público também não os vaia? Feitos já para serem ridicularizados por sua tarefa, vestidos de um modo grotesco que faz rir assim que são vistos, como creem que, com tantas coisas desfavoráveis, ainda vão lhes perdoar as tolices que cometem?

– Não aprecia a toga, marquês?

– Não o escondo, presidente, só aprecio as tarefas úteis. Todo aquele que não tem outro talento que fabri-

---

* Emblema da realeza. (N.T.)

car deuses ou matar os homens me parece de saída um indivíduo votado à indignação pública e que cumpre ou execrar ou forçar ao trabalho. Julga, meu amigo, que, com os bons braços que a natureza lhe deu, não seria bem mais aproveitável num arado que numa sala do tribunal? Num caso honraria as faculdades que recebeu do céu, no outro as avilta.

– Mas é preciso que existam juízes.

– Era melhor que só existissem qualidades, que são adquiridas sem os juízes e são por eles pisoteadas.

– E como deseja que um Estado seja governado?

– Por três ou quatro leis simples, arquivadas no palácio do soberano e preservadas em cada classe pelos decanos delas. Desse modo cada categoria teria seus representantes, e um nobre condenado não amargaria a vergonha de o ser por marotos como vocês, tão prodigiosamente longe de valerem o que ele vale.

– Oh, tudo isso dá margem a discussões...

– Que têm de terminar – diz o marquês –, pois estamos no Téroze.

De fato, chegavam ao castelo. O encarregado se apresenta, manda cuidar dos cavalos dos senhores e introduz a esses numa sala, onde passam a conversar sobre as coisas penosas que ocorrem na casa.

Um grande barulho se fazia ouvir diariamente em todas as partes da casa, sem que se pudesse dar com a causa. Ficaram à espreita, noites inteiras, campônios a mando do encarregado; tinham sido seviciados e ninguém queria mais se expor. Mas era impossível dizer de quem se suspeitava. O rumor geral era apenas que o espírito que baixava era de um antigo caseiro que tinha tido o azar de perder injustamente a vida no cadafalso.

Tinha jurado voltar todas as noites com um tremendo escarcéu ao castelo, até ter a satisfação de torcer o pescoço de um julgador.

– Caro marquês – diz o presidente, indo para a porta –, minha presença parece ser aqui desnecessária. Não estamos acostumados a essa espécie de vingança, e sim, como os médicos, a matar indiferentemente quem nos dê na telha, sem que o defunto nunca tenha nada a nos dizer.

– Um instante, irmão, um instante – Olincourt detém o presidente, prestes a se safar –, terminemos de ouvir os esclarecimentos deste homem. – Dirige-se ao caseiro:

– Isso é tudo, seu Pedro, não tem mais algum detalhe a nos dar dessa ocorrência fora do comum? É a todos os togados que este danado quer mal?

– Não – respondeu Pedro –, outro dia deixou um escrito sobre uma mesa em que dizia que só odiava os safados. Um juiz íntegro não arrisca nada com ele, mas não poupará os que, guiados pelo despotismo, a tolice, a vingança, sacrificaram seus semelhantes à sordidez de suas paixões.

– Bem, já vê que convém que me retire – diz o presidente consternado. – Não há a menor segurança para mim nesta casa.

– Ah, celerado – diz o marquês –, então seus crimes começam a te fazer tremer... Hem, ignomínias, exílios de dez anos por uma queixa de rameiras, infames convivências com membros da família, dinheiro pago para arruinar um nobre, e tantos outros imolados à tua raiva e inépcia, são fantasmas que perturbam tua imaginação, não é? Quanto darias agora para ter sido honesto toda a vida! Possa esta situação cruel te servir de alguma coisa um dia, possas sentir de antemão o terrível peso dos remorsos; e que não existe uma única felicidade deste mundo, por valiosa que nos pareça, que valha a tranquilidade da alma e o prazer de ser honesto.

– Caro marquês, lhe peço perdão – diz o presidente em lágrimas. – Sou um homem perdido, não me sacrifique e me deixe voltar para o lado de sua querida irmã, que minha ausência entristece e nunca lhe perdoará os males a que quer me entregar.

– Covarde, como se tem razão em dizer que a covardia acompanha sempre a falsidade e a traição. Não, não sairás, não há mais tempo para recuar. Minha irmã só tem de dote este castelo. Se queres a sua renda, é preciso expurgá-lo dos marotos que o profanam. Vencer ou morrer, não há meio-termo.

– Perdão, há um meio, o de escapar logo, renunciando a prováveis rendas.

– Poltrão, é então assim que gostas da minha irmã? Preferes que ela empalideça na pobreza a combater para liberar sua herança! Queres que lhe diga na volta que são esses os sentimentos que demonstras?

– Céus, a que situação desesperada me conduzem?

– Vamos, vamos, recobra o ânimo e te dispõe ao que esperam de nós.

Serviram e o marquês fez questão de que o presidente jantasse com a armadura. Durante a refeição, Pedro avisou que até as onze da noite nada havia a recear, mas depois, até o outro dia, o lugar ficava insuportável.

– Suportaremos – afirmou o marquês –, conto com este valente colega como comigo mesmo. Estou certo de que não me abandonará.

– Vamos ver o que sucede – diz de Fontanis. – Confesso que sou um pouco como César, minha coragem depende do momento.

O intervalo de paz foi passado visitando os arredores, passeando, fazendo contas com o caseiro. Quando a noite chegou, o marquês e o presidente, com seus dois criados, se repartiram no castelo.

Na parte do primeiro, havia um grande quarto, ladeado por duas malditas torres, de que só a vista o fazia se arrepiar de antemão. Justamente por ali, diziam, o espírito começava o seu percurso. Ele ia vê-lo em primeiro lugar, o que teria satisfeito um bravo, mas o presidente, como todos os presidentes do Universo e em especial os provençais, nada tinha de bravo e se deixou ir a tal fraqueza, ouvindo essa notícia, que foi obrigado a trocar de roupa dos pés à cabeça. Nunca um purgante teve efeito mais imediato. Mas voltam a vesti-lo e armar, põem duas pistolas na mesa em seu quarto, uma lança de quatro metros em suas mãos, acendem três ou quatro velas e o abandonam a suas reflexões.

– Infeliz de Fontanis – bradou, ao se ver só –, que gênio mau te meteu nesta? Não podias achar em tua província mulher que valesse mais que esta que já te deu tantos pesares? Mas quiseste, quiseste e agora estás aí. Um casamento em Paris te tentou e olha no que deu... Vais talvez morrer aqui como um cão sem nem poder te aproximar dos sacramentos nem deixar a alma nas mãos de um padre... Estes malditos incrédulos, com a equidade deles, sua lei da natureza e sua beneficência, como se o paraíso lhes devesse ser aberto ao pronunciarem essas três grandes palavras... Nem tanta natureza, nem tanta equidade, nem tanta beneficência. Sentenciar, exilar, queimar, supliciar na roda e ir à missa é o que vale mais que isso. Este Olincourt se apega com fúria no processo do fidalgo que julgamos no ano passado. Deve haver aí uma cumplicidade que ignoro qual seja... Mas era um caso escandaloso. Subornamos um criado de treze anos e veio nos dizer, esperávamos que dissesse, que esse homem matava mulheres da vida em seu castelo. Um conto de Barba-Azul com que hoje as amas não se atreveriam a fazer dormir as crianças. E um crime tão importante como a morte de uma prostituta, claramente provado pelo depoimento desse menino de treze anos, depois de ter recebido cem chibatadas por não querer dizer o que desejávamos, de modo que a forma como agimos não foi rigorosa em excesso. É preciso cem testemunhas para se ter a certeza de um delito, não basta uma delação? Nossos confrades de Tolosa olharam de mais perto quando condenaram Calas à roda? Se só punirmos os delitos de que estamos seguros, teríamos no máximo quatro vezes por século o prazer de arrastar nossos semelhantes ao cadafalso, e é isso que faz com que nos respeitem. Queria que me dissessem o que seria de um tribunal cuja bolsa se mantivesse aberta às carências do Estado, que não fizesse advertências, arquivasse os processos e nunca matasse ninguém? Uma assembleia de tolos, de que a nação não faria caso. Coragem, presidente, fizeste o teu dever, deixa que se queixem os inimigos da magistratura, não a destruirão. Nosso poder, estabelecido sobre a moleza dos reis, durará tanto quanto o império, e que Deus cuide dos soberanos para que ele não os derrube. Venham outras desgraças como as do reinado de Carlos VII e a monarquia será destruída para dar lugar à forma republicana, que há tanto tempo ambicionamos e que, nos pondo no topo, como o senado de Veneza, deixará em nossas mãos os grilhões por que ardemos para esmagar o povo.

Assim arrazoava o presidente, quando um ruído espantoso se ouviu ao mesmo tempo em todos os quartos e corredores do castelo. Um frêmito se apossa dele, se encolhe na cadeira e apenas ousa erguer os olhos.

– Que louco! – se exclama –, não cabe a mim, um membro do Tribunal de Aix, bater-se contra os espíritos! O que existe de comum entre o Tribunal de Aix e os espíritos? – O barulho aumenta, as portas das duas torres se abrem e temíveis figuras penetram no quarto. De Fontanis se põe de joelhos, suplica mercê, pede a vida.

– Celerado – diz um desses fantasmas, com voz aterradora –, conheces a piedade ao condenar injustamente tantos infelizes? A horrível sorte deles te comove? Te tornas menos fútil, orgulhoso, comilão e safado no dia em que tuas injustas sentenças mergulham no infortúnio ou na tumba as vítimas do teu rigorismo imbecil? De onde te vem essa perigosa impunidade do teu poder de um instante, dessa força ilusória que um momento a opinião acata e que destrói em seguida a filosofia? Suporta agora que nos comportemos segundo os mesmos princípios e te submete, já que és o mais fraco.

A essas palavras, quatro desses concretos espíritos dominam com vigor de Fontanis e num átimo o põem nu como a mão. Ele chora, grita e um fétido suor o cobre dos pés à cabeça.

– Que faremos agora? – indaga um deles.

– Espera – responde o que tem ar de chefe –, tenho aqui a lista dos quatro principais assassinatos que ele cometeu juridicamente. Vamos lhe ler.

"Em 1750, condenou à roda um pobre que nada fez de errado, a não ser recusar a filha a esse bandido que queria abusar dela.

"Em 1754, propôs a um homem salvar-lhe a vida por dois mil escudos. Como esse não os pôde dar, mandou enforcá-lo.

"Em 1760, sabendo que alguém de sua cidade disse algo sobre ele, condenou-o à fogueira um ano depois como sodomita, apesar de esse infeliz ter mulher e uma penca de filhos, a desmentir seu alegado crime.

"Em 1772, um distinto jovem da província, querendo, por jocosa vingança, bater numa cortesã que lhe deu um presente ruim, este inepto transformou essa brincadeira numa causa criminal e, apontando a coisa como assassinato e envenenamento, arrastou os colegas a essa explicação irrisória, perdeu o jovem, o arruinou financeiramente e fez com que o condenassem à morte à revelia, pois não conseguiram pegá-lo.

"São seus atentados principais. Decidam, amigos."

Ergue-se na hora uma voz:

– O talião, srs., o talião. Mandou outro injustamente para a roda, que nela seja posto.

– Sou pelo enforcamento – diz outro –, e pelos mesmos motivos do colega.

– Que seja queimado – fala o terceiro –, tanto por ter se atrevido a usar injustamente esse suplício, como por tê-lo merecido várias vezes.

– Lhe demos o exemplo da clemência e da moderação, camaradas – fala o chefe –, e nos fixemos no quarto caso. Se bater numa rameira merece a morte aos olhos deste palerma, que ele seja também chicoteado.

Pegaram em seguida o pobre presidente, o deitando de barriga num banco estreito e amarrando-o dos pés à cabeça. Os quatros espíritos, então, com longos chicotes de couro, começaram a bater em cadência, com toda a força, nas partes à mostra do infeliz de Fontanis. Sovado sem parar três quartos de hora pelas vigorosas mãos que se encarregam de sua educação, se torna uma chaga de que o sangue escorre por todas as partes.

— Agora chega — finda o chefe —, eu disse: lhe demos o exemplo da piedade e da benignidade. Se o malandro nos pegasse, nos despedaçava. Aqui quem manda somos nós. — Vamos o dar por quites com essa corrigenda fraternal e que aprenda na nossa escola que nem sempre é matando os homens que se consegue torná-los melhores. Só recebeu quinhentas chicotadas e aposto contra quem quiser que se arrepende de suas injustiças e será no futuro um dos magistrados mais íntegros do seu foro. Desamarrem-no e continuemos nosso turno.

— Ufa — fez o presidente, com os carrascos indo embora —, estou vendo que, se nos detemos nas ações alheias e as desenvolvemos para ter o prazer de puni-las, fazem logo conosco o mesmo. Mas quem foi dizer a esses caras tudo o que eu fiz? Como podem estar tão a par da minha conduta?

De qualquer forma, ele se arruma como pode. Mal põe o casaco, ouve gritos violentos do lado por onde os espectros tinham saído do quarto. Presta atenção e reconhece a voz do marquês, que pede com toda a força que o ajude.

— Que o diabo me leve, se eu for lá — diz o presidente, alquebrado. — Que esses patifes batam nele como em mim, se quiserem, não vou me meter. Cada um já tem bastante com as suas brigas, para entrar nas dos outros.

Mas o barulho aumenta e Olincourt surge enfim no quarto de de Fontanis, seguido por dois criados, lançando os três gritos como se os estivessem estrangulando. Os três pareciam ensanguentados, um trazia o braço na tipoia, outro uma bandagem na testa e se teria jurado, vendo-os assim pálidos, descabelados, sangrando, que tinham terminado de lutar contra uma legião de diabos escapados do inferno.

– Oh, meu amigo, que ataque – clama Olincourt.
– Julguei que os três íamos ser degolados.

– Duvido que tenham sido mais maltratados do que eu – diz o presidente, mostrando as costas contundidas.
– Olhem o que me fizeram.

– Oh, amigo – afirma o coronel –, tem direito a uma bela e boa reclamação. Não ignora o forte interesse que seus colegas têm tido, através dos séculos, em bundas chicoteadas. Convoque as câmaras e chame algum advogado célebre que queira exercer sua eloquência a favor de suas nádegas ofendidas. Usando o engenhoso artifício com que um antigo orador comovia o areópago, ao descobrir em plena corte a nudez da bela por que perorava, que o seu Demóstenes destape essas interessantes nádegas no instante mais patético da argumentação para que enterneçam o auditório. Lembre sobretudo aos juízes de Paris, diante dos quais deverá comparecer, o famoso caso de 1769, quando o coração deles, bem mais compadecido pelo traseiro de uma venal que pelo povo, de que se dizem pais e deixam morrer de fome, os levou a processar cruelmente um jovem militar. Voltava esse de sacrificar seus mais belos anos a serviço de seu príncipe e não teve outros louros, no regresso, que a humilhação preparada pela mão dos maiores inimigos desta pátria que acabava de defender. Vamos, camarada de infortúnio, nos apressemos em partir. Não há segurança para nós neste maldito castelo. Vamos pedir vingança, implorar a equidade dos protetores da ordem pública, dos defensores do oprimido e das colunas do Estado.

— Não posso nem ficar em pé — diz o presidente —, e, mesmo que esses patifes me descascassem como uma maçã outra vez, peço-lhe fazer que me deem uma cama e me deixem tranquilo pelo menos vinte e quatro horas.

— Nem pense nisso, amigo, será degolado.

— Bem, apenas mais um por terra. E os remorsos despertam com tanta força em meu coração, que verei como uma ordem do céu todas as desgraças que me sejam enviadas.

Como os barulhos tinham silenciado e Olincourt percebeu que de fato o pobre provençal necessitava, de algum repouso, mandou chamar Pedro e indagou se era de recear que aqueles safados ainda retornassem na noite seguinte.

— Não, sr. — foi a resposta. — Agora ficam quietos por oito ou dez dias e podem descansar em segurança.

Levaram o estropiado presidente a um aposento, onde ele se deitou e dormiu como pôde uma boa dúzia de horas. Ainda dormia quando se sentiu de repente molhado na cama. Ergue os olhos e vê o teto furado por mil buracos, de cada um dos quais desce uma fonte com o risco de submergi-lo, se não se retira às pressas. Nu, desce rápido às salas de baixo, onde dá com o coronel e Pedro esquecendo as contrariedades em volta de um patê e de várias garrafas de vinho de Borgonha. O primeiro movimento deles foi rir vendo chegar de Fontanis em trajes tão sumários. Esse lhes conta seu novo dissabor. Obrigaram-no a sentar à mesa sem lhe dar tempo nem de pôr as calças que traz no braço. O presidente se põe a beber e acha consolo para seus males no fundo da terceira garrafa de vinho. Como havia ainda duas horas a mais do que o necessário para regressar a Olincourt, os cavalos foram preparados e partiram.

– Escola braba, marquês, a que me fez fazer aqui – disse o provençal ao se ver na sela.

– Não será a última, meu amigo – sorriu Olincourt. – O homem nasce para passar por escolas, especialmente os magistrados, pois sob o arminho a tolice erige seu tempo e respira em paz em seus tribunais. Apesar do que possa dizer, devemos deixar este castelo sem esclarecer o que se passou?

– E nos adiantará em algo saber?

– Poderíamos fazer as nossas queixas com mais argumentos.

– Queixas? Que o diabo me leve, se as farei. Guardarei em silêncio o que sucedeu e o sr. seria muito gentil se não falasse também a ninguém.

– Mas, amigo, não está sendo coerente. Se é ridículo apresentar queixa quando se é molestado, por que vocês as mendigam e estimulam sem cessar? O sr., que é um dos maiores inimigos do crime, quer que fique impune quando não claramente constatado? Não é das mais sublimes normas de jurisprudência que, mesmo supondo que a parte lesada desista, cumpre ainda dar uma satisfação à justiça? Foi essa tão violada no que lhe aprontaram, que não pode lhe recusar a legítima parte que ela o exige?

– Pode ter razão, mas não direi nada.

– E o dote de sua mulher?

– Espero que o barão seja equânime e vou pedir que se encarregue de esclarecer os negócios do castelo.

– Ele não vai intervir.

– Bem, comeremos o que houver.

– Que homem... Vai fazer que sua mulher o amaldiçoe e se arrependa o resto da vida de ter ligado sua sorte a um poltrão da sua marca.

– Oh, em matéria de arrependimento, cada um tem a sua cota. Mas por que quer que eu apresente queixa agora, quando antes não o admitia?

– Não sabia do que se tratava, tanto que calculei que nos imporíamos sem a ajuda de ninguém. Foi o que me pareceu mais sensato, mas agora acho essencial que recorra ao apoio das leis e proponho que o faça. Não vejo que haja algo incoerente em minha atitude.

– Está bem, bem – diz de Fontanis a descer do cavalo, pois estavam chegando em Olincourt. – Mas não falemos nada, é o único favor que lhe peço.

Embora a ausência fosse de apenas dois dias, havia novidades na marquesa. A srta. de Téroze estava de cama, com uma indisposição atribuída à preocupação e pesar de saber o marido se expondo. Deitada há vinte e quatro horas, com metros de gaze em torno da cabeça e do pescoço, uma palidez tocante a tornava cem vezes mais bela e avivou as ardências do presidente, ajudadas pela recente fustigação do outro lado. Delgatz, junto ao leito da enferma, ordena em voz baixa a Fontanis que não mostre desejo na dolorosa situação em que se acha sua mulher. A crise sobreveio junto com as regras, causando grande perda sanguínea.

– Que diabo – se diz o presidente –, não acerto uma. Acabo de ser surrado por causa dessa mulher, e surrado magistralmente, e ainda me privam do prazer de me compensar com ela.

Ademais, a presença no castelo fora aumentada com três personagens, de que temos de prestar contas. O sr. e a sra. de Totteville, gente de destaque na região, tinham trazido a srta. Lucélia de Totteville, filha deles, esperta moreninha de uns dezoito anos e que nada ficava atrás dos encantos sensuais da srta. Téroze. Para não embromar por mais tempo o leitor, o avisamos logo que esses três novos personagens entram em cena para demorar o desfecho e conduzir esse mais seguramente aos fins que nos propomos.

Totteville era um desses cavalheiros arruinados que, arrastando sua ordem na lama por alguns jantares ou escudos, aceitam qualquer papel que se queira que desempenhem. Sua pretensa mulher era uma antiga aventureira em outro gênero, que, fora da idade de traficar seus encantos, se vira negociando os das outras. Quanto à bela princesa que passava por cria do par, já se imagina, com tais pais, de que classe saía. Brilhante em seu ramo desde a infância, já havia arruinado três ou quatro encarregados de terras, e foi em vista de sua arte e atrativos que a tinham contratado. Cada uma dessas figuras, selecionadas entre o que de melhor os respetivos meios ofereciam, era apresentável e instruída, possuindo o chamado verniz do bom-tom. Sabiam fazer o que se esperava delas, e era difícil, vendo-as junto com homens e mulheres de distinção, não crer que também não a tivessem.

Quando o presidente surgiu, a marquesa e a irmã lhe perguntaram como tinha se saído.

– Não foi nada – diz o marquês, seguindo as intenções do cunhado –, é um bando de patifes que se afastará cedo ou tarde. Sabendo o que o presidente deseja que se faça, cada um de nós terá prazer em contribuir para esse objetivo.

Mas, baixinho, Olincourt se apressou em indicar aos outros os acontecimentos e o desejo do presidente de que fossem esquecidos, de modo que mudaram de assunto e já não falaram dos fantasmas de Téroze.

O presidente não escondeu sua preocupação à esposa, especialmente porque aquele mal-estar dela ia adiar, mais uma vez, o instante da felicidade dele. Como já era tarde, jantaram e foram dormir, sem que ocorresse nada de extraordinário.

O sr. de Fontanis que, como bom juiz, somava ao número de suas boas qualidades uma forte inclinação pelas mulheres, não viu sem alguma veleidade a jovem Lucélia no círculo do marquês de Olincourt. Começou se informando sobre ela com seu confidente La Brie. Quem era a jovem? E o outro lhe respondeu de modo a alimentar o amor que via nascer no coração do magistrado, persuadindo-o a ir adiante.

– É uma mulher de posição – disse o traiçoeiro confidente –, mas não imune a uma proposta de amor de um homem do seu relevo. Diante do sr., ameaça dos pais e terror dos maridos – continua o maroto –, um elemento feminino, por prudente que planeje ser, dificilmente saberia manter a severidade. E pondo de lado o aspeto pessoal, basta o profissional: que mulher pode resistir a um magistrado, com o saiote preto, o boné de pontas? Tudo isso já seduz.

– Sem dúvida não é simples se defender da gente. Trabalha para nós um sujeito que é uma ameaça constante à virtude... Mas julgas, La Brie, que se eu dissesse uma palavra...

– Ela se entregaria, não tenha dúvidas.

– Mas é preciso guardar silêncio. Vê que, na situação em que me encontro, é importante para mim não começar com minha mulher por uma infidelidade.

– Isso a levaria ao desespero. Tem tanta ternura pelo sr.

– É? Crê que me ama um pouco?

– Adora! E seria homicídio enganá-la.

– Mas achas que do outro lado...

– Infalível, desde que o deseje. É só se pôr em ação.

– Ah, caro La Brie, me enches de satisfação. É um prazer lutar em duas frentes e enganar duas mulheres ao mesmo tempo. Enganar, meu amigo, é uma volúpia para um homem do foro.

Com esses encorajamentos, de Fontanis se enfeita, arruma, esquece as chibatadas que o rasgaram e, mimando a mulher que continua de cama, dirige as baterias sobre a falsa Lucélia, que, ouvindo-o de início de modo pudico, vai insensivelmente se abrindo.

Duravam já quatro dias essas manobras sem que ninguém parecesse notar, quando chegou ao castelo o comunicado das gazetas para que os astrônomos observassem, na noite seguinte, *a passagem de Vênus sob o signo do Capricórnio*.

– Que diabo, o caso é singular – comenta o presidente como conhecedor, ao ler a notícia –, nunca esperaria tal fenômeno. As sras. sabem que tenho alguma tinta nessa ciência; compus mesmo uma obra em seis tomos sobre os *satélites de Marte*.

– Os satélites de Marte? – sorria a marquesa. – Mas não lhe são muito favoráveis, surpreende que tenha escolhido esse assunto.

— Sempre brincando, bela marquesa... Vejo que não guardaram o meu segredo. De qualquer forma, me deixa curioso a ocorrência que anunciam. Tem aqui um lugar, marquês, em que se possa observar melhor a trajetória desse planeta?

— Certamente — responde esse. — Acima do pombal há um observatório aparelhado. Vai encontrar boas lunetas, compassos, quadros, em suma, o que forma um ateliê de astrônomo.

— É então um pouco do ramo?

— Não sei nada, mas se têm olhos como qualquer um, conversa-se com quem entende e por aí se fica um pouco a par.

— Bem, será um prazer para mim lhe dar algumas lições. Em seis semanas lhe ensino a conhecer a Terra mais que Descartes ou Copérnico.

Chega a hora de ir para o observatório. O presidente está triste porque o incômodo da esposa ia lhe tirar o prazer de bancar o sábio diante dela, sem desconfiar, o pobre, de que era ela quem ia ter o primeiro papel nesta comédia.

Embora os balões não fossem ainda comentados, eram já conhecidos em 1779, e o hábil artesão, que devia fazer aquele de que falaremos, teve a boa paz de nada dizer quando intrusos vieram lhe roubar sua descoberta. No centro de um aeróstato muito bem-feito, a determinada hora, devia se elevar a srta. de Téroze nos braços do conde de Elbène, e essa cena, vista de longe e iluminada apenas por uma tocha leve, era bastante bem representada para se impor a um tolo como o presidente, que nunca tinha na vida lido uma obra sobre a ciência de que se orgulhava.

Chega o grupo ao topo da torre, pegam as lunetas, solta-se o balão.

— Está vendo? — perguntam-se uns aos outros.

— Ainda não.

— Isto, estou vendo.

— Perdão. À esquerda, à esquerda, se fixe na direção do Oriente.

— Ah, peguei-o! — se entusiasma o presidente —, peguei-o, amigos, façam como eu. Um pouco mais para Mercúrio, não tão longe quanto Marte, bem abaixo da elipse de Saturno, ali meu Deus, como é belo!

— Também estou vendo, presidente — diz o marquês. — É na verdade soberbo. Notou a conjunção?

— Tenho-a na mira da luneta.

O balão está passando por cima da torre.

— Bem — diz o marquês —, os avisos que recebemos estavam errados. Nada de Vênus embaixo do Capricórnio.

— Nada de mais certo — contrapôs o presidente —, é o espetáculo mais bonito que vi na vida.

— Quem sabe — diz o marquês —, se não será sempre obrigado a subir tanto para poder vê-lo?

— Ah, marquês, seus gracejos ficam fora de hora num momento tão bonito...

O balão se perde no escuro e todos descem contentes com o fenômeno alegórico que a arte tinha oferecido à natureza.

— Me entristeceu que não tivesse vindo partilhar conosco da alegria que nos deu esse acontecimento — diz o sr. de Fontanis à mulher, que encontrou na cama ao entrar. — Impossível ver nada mais belo.

— Acredito — concorda a jovem —, mas me disseram

que no fundo havia certas coisas imodestas, que não devo me arrepender de não ter visto.

– Imodestas? – chacoteou o presidente com humor.
– Absolutamente. Foi uma conjunção e não há nada superior na natureza. É o que desejaria que ocorresse entre nós e se fará quando quiser. Mas me diga em sã consciência: já não fez sofrer demais o seu escravo e não lhe concederá logo a recompensa de suas penas?

– Ai, meu anjo – lhe diz amorosamente a jovem esposa –, pode crer que tenho pelo menos a mesma pressa, mas veja o meu estado... Nem sequer o lamenta, cruel, quando é obra sua. Me atormentasse menos pelo que lhe diz respeito, e estaria bem melhor.

O presidente estava nas nuvens por ser adulado assim. Pavoneava-se, levantava a cabeça, nenhum magistrado, mesmo os que acabam de enforcar alguém, teve uma vez o pescoço tão erguido. Mas como, apesar de tudo, os obstáculos se multiplicavam da parte da srta. de Téroze, enquanto avançava lindamente com Lucélia, de Fontanis não hesitou em preferir os mirtos floridos do amor às rosas tardias do himeneu. Uma não pode me fugir, pensava, terei quando quiser, mas a outra só está aqui talvez por pouco tempo, é preciso tirar partido logo. De acordo com esses princípios, de Fontanis não perdia ocasião de progredir em sua conquista.

– Ai de mim, sr. – lhe disse um dia aquela moça com fingida candura –, não me tornarei a mais infeliz das criaturas se lhe dou o que pede? Casado como é, como vai reparar a mancha que fizer no meu renome?

– Reparar? Mas não se repara nada num caso como este, nem um nem outro. É o que se pode dizer uma espadada na água. Não há nada a recear com um homem casado, porque ele é o primeiro interessado em silenciar, de modo que isso não a impedirá de achar marido.

– E a religião, a honra, sr.?

– Bobagens, coração. Vejo que é um cordeirinho e precisa cursar algum tempo a minha escola. Faço desaparecer todos esses preconceitos da infância.

– Mas julguei que a sua profissão levava a respeitá-los.

– Em verdade sim, mas por fora, só temos por nós o exterior e convém ao menos se impor por ele. Mas, despojados desse inútil decoro que nos obriga a certas contemplações, em tudo nos parecemos ao resto dos mortais. Como nos pode crer imunes a suas fraquezas? Nossas paixões, quer o relato ou o quadro constante das paixões alheias, só estimulam, não diferem das dos outros senão pelo excesso que ignoram e faz a nossa delícia cotidiana. Quase sempre ao abrigo das leis de que fazemos os demais tremer, essa própria impunidade nos inflama e nos tornamos mais infratores...

Lucélia ouvia essas banalidades e, apesar do horror que pudesse lhe inspirar tanto o físico como o moral desse detestável personagem, continuava a lhe dar entrada porque a recompensa que lhe tinham prometido disso dependia. Mais o amor do presidente avançava, mais insuportável ficava sua fatuidade. Nada há tão engraçado como um juiz amante; é o quadro acabado da falta de jeito, da impertinência e da inoportunidade. Se o leitor viu alguma vez o peru pronto a multiplicar sua espécie, tem o esboço do que almejo lhe dar uma ideia mais completa. Apesar das precauções que tomou para disfarçar, sua insolência um dia o pôs a descoberto e o marquês o visou na mesa para humilhá-lo diante de sua deusa.

– Presidente – lhe disse –, acabo de ter notícias más para o sr.

– Como?

– Afirmam que o Tribunal de Aix vai ser fechado. O público se queixa de que é inútil e Aix tem bem menos necessidade de um tribunal que Lião. Essa cidade, bem mais longe de Paris para depender dela, englobará toda a Provença. Ela a domina e está situada como convém para encerrar os juízes de uma província tão importante.

– Esse arranjo não tem senso comum.

– Pelo contrário, é justo. Aix fica no fim do mundo. Onde um provençal more, não há o que não prefira ir a Lião tratar de um assunto que à sua enlameada Aix. Caminhos horríveis, falta de pontes no rio Durance que, como as cabeças de vocês, desregula nove meses por ano, e depois erros do Tribunal, não lhe escondo. De saída, censuram a sua composição. Não há nele, dizem, um único membro que ali mereça estar. Vendedores de peixe, marujos, contrabandistas, em suma, um bando de vigaristas desprezíveis com que a nobreza não quer ter relação e que humilham o povo para compensar o próprio descrédito, palermas, imbecis. Desculpe, presidente, repito o que me escrevem, depois do jantar o farei ler a carta. Em suma, uns bandidos que levam o fanatismo e o escândalo a ponto de deixarem na cidade, como prova de sua integridade, um cadafalso sempre armado. Esse não passa de um monumento à sua chã severidade, e o povo devia arrancar as pedras dele para jogar nos insignes carrascos que ousam com essa insolência lhe mostrar o tacão. Surpreende que ainda não o tenha feito, mas se diz que não tardará. Uma série de acórdãos injustos, uma aparência de austeridade, cujo objetivo é se fazerem perdoar todos os crimes judiciais que cometem e ainda coisas mais sérias a acrescentar a tudo isso. Inimigos decididos do Estado, e em todos os séculos, como ousam reconhecer abertamente. O horror público que acolheu suas abominações em Mérindol ainda não se apagou. Têm dado nesta época o pior espetáculo que se possa ver, pois não se imagina sem um arrepio os depositários da ordem, da paz e da equidade, a correrem à província como frenéticos, uma tocha na mão e o punhal na outra, queimando, matando, violando, massacrando tudo o que se apresenta, como um bando de tigres enraivecidos que tivessem fugido da floresta. Cabe a magistrados se conduzirem desse modo? Lembram-se também várias circunstâncias em que se recusaram teimosamente a socorrer o rei em suas necessidades. Diversas vezes estiveram prontos a permitir que a província se revoltasse antes de tentar compreender o papel que lhes incumbia. Julgam que se esqueceu o infeliz momento em que, sem que nenhum perigo os ameaçasse, vieram, à frente dos cidadãos da cidade, trazer suas chaves ao condestável de Bourbon que traía o rei? Ou aquele instante em que, a tremer com a mera aproximação de Carlos V, se apressaram em lhe render homenagem e o fazer entrar na cidade? Também não se ignora que foi dentro do Tribunal de Aix que se fomentaram as primeiras sementes da Liga\* e que, em todos os tempos, só existiu entre vocês facciosos e

---

\* A Liga ou Santa Liga foi formada em 1576 pelo duque de Guise, na aparência para defender a religião católica contra os calvinistas, mas na verdade para derrubar Henrique III e colocar os Guises no trono da França. Henrique IV abjurou do calvinismo e pôs fim à Liga, desacreditada pela aliança com Felipe II da Espanha. (N.T.)

rebeldes, assassinos e traidores. Sabem melhor do que quaisquer outros os magistrados provençais que, quando se visa acabar com alguém, procura-se tudo o que tenham podido fazer na vida, lembram-se com cuidado todos os seus antigos erros para agravar a soma dos novos. Não se admirem que se comportem com vocês como se comportaram com os desgraçados que se divertiram em sacrificar ao seu pedantismo. Aprenda, caro presidente, que não é lícito, tanto a uma corporação como a um indivíduo, ultrajar um cidadão honesto e tranquilo, e, se uma corporação chega a isso, que não estranhe ver todas as vozes se erguerem contra ela, reclamando os direitos do fraco e da decência contra o despotismo da iniquidade.

O presidente, não podendo nem apoiar essas inculpações nem respondê-las, se levantou da mesa como um louco, jurando que ia sair da casa. Depois do espetáculo de um magistrado apaixonado, não há outro tão risível quanto o de um magistrado enraivecido. Os músculos do rosto, ao natural dispostos para a hipocrisia, forçados a passar de repente às contorções da ira, aí chegam por gradações violentas, cuja evolução é cômica de ver. Quando se divertiram bastante com o seu despeito, como não se tinha atingido ainda a cena que devia, segundo se esperava, livrá-los dele para sempre, procurou-se acalmá-lo; correram a ele e o trouxeram de volta. Esquecendo facilmente de noite os pequenos tormentos da manhã, de Fontanis retomou seu aspeto normal e tudo se esqueceu.

A srta. de Téroze ia melhor, ainda que um pouco abatida de figura. Mas descia para as refeições e já saía às vezes com os outros. O presidente, menos apressado porque Lucélia o ocupava, viu no entanto que deveria em seguida se encarar com a esposa. Resolveu, assim, acelerar o outro caso, que alcançava o melhor momento, já que a srta. de Totteville não fazia mais dificuldades e se tratava apenas de combinar um encontro seguro. O presidente propôs seu quarto de solteiro e Lucélia, que não dormia no quarto dos pais, aceitou de bom grado o local para a noite seguinte e prestou contas na hora ao marquês. Dizem-lhe o que deve fazer e o resto do dia se passa tranquilo. Às onze horas, Lucélia, que devia ser a primeira na cama do presidente por meio de uma chave que esse lhe confiou, pretextou dor de cabeça e saiu. Um quarto de hora depois, o sôfrego de Fontanis se retira, mas a marquesa afirma querer honrá-lo esta noite acompanhando-o até o quarto. Todo o grupo entra na brincadeira e a srta. de Téroze parece a primeira a se divertir, sem observar o presidente que está em brasas e que teria querido se subtrair a essa ridícula delicadeza ou, pelo menos, prevenir à que imaginava iam surpreender. Pegam velas, os homens vão à frente, as mulheres, em torno de de Fontanis, dão-lhe a mão, e o alegre cortejo chega à porta do seu quarto. O desastrado galã mal pode respirar.

– Não respondo por nada – dizia balbuciando –, pensem na imprudência que estão fazendo. Quem lhes diz que o objeto do meu amor não me espera talvez neste instante na cama? E, se assim for, pensem no mal que pode resultar dessa iniciativa.

– Seja como for – diz a marquesa, abrindo rápido a porta –, vá, bela que se diz esperar o presidente na cama, apareça, não tenha medo.

Mas é geral a surpresa quando as luzes diante do

leito iluminam um monstruoso asno, molemente deitado nos lençóis. Por graciosa fatalidade, satisfeito sem dúvida do papel de que o incumbiram, tinha dormido em paz no leito judicial e roncava com volúpia.

– Ah, diabo – brada Olincourt se agarrando de rir –, observe, presidente, o feliz sangue-frio deste animal. Não se diria um de seus colegas em audiência?

O presidente, satisfeito por ter escapado com aquela brincadeira, imaginou que ela velaria o resto, e que Lucélia, notando-a antes, tivesse o tato de não fazer ninguém desconfiar do caso dos dois. Pôs-se a rir com os outros, retiraram como puderam o animal aflito por ser interrompido em seu sono, puseram lençóis limpos e de Fontanis substituiu dignamente o mais soberbo asno da região.

– Na verdade é a mesma coisa – diz a marquesa ao vê-lo deitado. – Nunca teria acreditado que existisse uma semelhança tão perfeita entre um asno e um presidente do Tribunal de Aix.

– Como então estava enganada, sra. – prosseguiu o marquês. – Sem dúvida ignorava que tem sido entre esses doutores que essa corte sempre elegeu seus membros. Apostaria que o que acaba de sair foi o seu primeiro presidente.

O cuidado inicial de de Fontanis, no dia seguinte, foi indagar de Lucélia como tinha se livrado na véspera. Bem instruída, essa disse que, percebendo o gracejo, se tinha retirado no instante, mas preocupada por ter sido traída, o que lhe fez passar uma noite horrorosa e desejar ardentemente se esclarecer a respeito. O presidente a acalmou e dela obteve uma segunda chance para o dia seguinte. A pudica Lucélia se fez de rogada, o que aumentou o interesse de Fontanis, e tudo se dispôs segundo o desejo dele. Mas, se o primeiro encontro tinha sido perturbado por uma cena cômica, um acontecimento fatal ia impedir o segundo. As coisas sucedem como na antevéspera; Lucélia sai primeiro e o presidente um pouco depois, sem que ninguém se oponha. Dá com ela no lugar indicado, pega-a nos braços, já está pronto a lhe oferecer provas inequívocas de sua paixão e a porta se abre: são o sr. e a sra. de Totteville, a marquesa, a própria srta. de Téroze.

– Monstro – brada a última, se lançando furiosa sobre o marido –, então te ris assim da minha candidez, da minha ternura!

– Filha cruel – diz o sr. de Totteville a Lucélia, que se pôs de joelhos diante dele –, olha só como abusas da honesta liberdade que te damos!

De seu lado, a marquesa e a sra. de Totteville dirigem olhares acerbos sobre os dois culpados e a primeira só sai disso para receber a irmã, que desmaia em seus braços. Difícil retratar de Fontanis em meio a essa cena. A surpresa, a vergonha, o terror, a ansiedade, esses diversos sentimentos o agitam ao mesmo tempo e o imobilizam como a uma estátua. Chega o marquês, se informa, escuta indignado tudo o que se passa.

– Sr. – lhe diz firme o pai de Lucélia –, nunca esperei que em sua casa uma moça bem-comportada tivesse de temer afrontas desta espécie. Há de achar certo que me insurja, e minha mulher, minha filha e eu partamos em seguida para pedir justiça a quem devemos esperar que a faça.

– O sr. vai reconhecer – diz seco o marquês ao presidente – que estas são cenas que não podia imaginar.

Foi então para desonrar minha cunhada e a minha casa que teve o gosto de se ligar a nós?

Depois, a Totteville:

– Nada de mais justo, sr., que a reparação que exige. Mas me atrevo a lhe pedir que evite o escândalo. Não é por este bobo aí que solicito, só merece o desprezo e o castigo. É por mim, sr., por minha família, por meu infeliz sogro que, tendo posto sua confiança neste palhaço, vai morrer do pesar de ter se enganado.

– Gostaria de atendê-lo, sr. – o sr. de Totteville se mostra altivo, conduzindo a mulher e a filha –, mas me permitirá colocar meu renome acima dessas considerações. O sr. não entrará em nada na queixa que vou apresentar; vai ser apenas contra este indecoroso. Permita que não ouça mais e vá de imediato aonde a vingança me chama.

A essas palavras, os três personagens saem sem que nenhum esforço humano possa detê-los. Segundo eles, voam a Paris para apresentar denúncia no foro contra as indecências com que os quis enxovalhar o presidente de Fontanis.

No triste castelo, reinam a perturbação e o desespero. A srta. de Téroze, no que volta a si, vai para a cama com uma febre que se tem o cuidado de afirmar perigosa. O sr. e a sra. de Olincourt arrasam com o presidente, que, não tendo um lugar para ir, não ousa se revoltar contra os senhores que lhe dirigem. As coisas ficam três dias nesse estado, quando o marquês é secretamente avisado de que o processo se torna dos mais sérios; corre por uma vara criminal e em seguida de Fontanis será sentenciado.

– Como, sem me ouvirem? – se sobressalta o presidente.

– É a norma – responde Olincourt. – Dão-se meios de defesa àqueles que a lei condena, e um de seus costumes mais respeitáveis não é infamar antes de escutar? Empregam com o sr. as armas de que se serviu contra os outros. Depois de exercer a injustiça durante trinta anos, não é razoável que se torne uma vez vítima na vida?

– Mas por um assunto de mulheres?

– Como, por um assunto de mulheres? Então desconhece que são os mais perigosos? O desastrado processo, cuja lembrança lhe valeu quinhentas chicotadas no castelo dos fantasmas, não passava de uma questão de mulheres, e não considerou que por questão semelhante tinha licença para manchar um fidalgo? O talião, presidente, o talião. É a sua bússola, enfrente-o com ânimo.

– Em nome de Deus, meu irmão, não me abandone.

– Não julgue que vamos ajudá-lo depois da vergonha que nos causou. Temos queixas a fazer do sr. e os meios são duros, sabe...

– Quais?

– Ou o perdão do rei ou uma carta lacrada.*

– Funestos extremos!

– De acordo, mas tem outros? Quer sair da França e se perder para sempre, enquanto uns anos de prisão talvez consertem tudo isso? E esse meio que o revolta, o sr. e os seus não o utilizaram às vezes? Não foi assim que acabaram de esmagar aquele nobre que os espíritos vingaram tão bem? Numa safadeza tão perigosa quanto punível, não ousaram pôr esse infeliz militar entre a prisão e a infâmia, sem suspender seus desprezíveis

---

* *Lettre de cachet*, carta lacrada com a insígnia (*cachet*) do rei e que continha em geral uma ordem arbitrária de exílio ou prisão. (N.T.)

raios, a menos que fosse abatido pelos do rei? Nada a estranhar assim, meu caro, no que lhe proponho. Não apenas conhece o caminho, como deve agora desejá-lo.

– Lembranças terríveis – diz o presidente derramando lágrimas. – Quem me diria que a vingança dos céus cairia sobre a minha cabeça quase no instante em que consumaria meus crimes? Tudo o que fiz me é devolvido. É sofrer e calar.

Como a sentença era para logo, a marquesa instou com o marido que fosse a Fontainebleau, onde estava então a corte. A srta. de Téroze não entrou neste acerto. A vergonha e o pesar por fora, e o conde de Elbéne por dentro, a retinham no quarto, cuja porta estava fechada para o presidente. Ele aí tinha ido várias vezes e tentado que ela abrisse com arrependimentos e lágrimas, mas em vão.

O marquês partiu. O trajeto era curto, voltou dois dias depois, escoltado por dois guardas com uma pretensa ordem judicial, cuja simples vista fez o presidente tremer os quatro membros.

– Não podia vir mais a propósito – diz a marquesa, a fingir ter recebido notícias de Paris, enquanto o marido estava na corte. – O processo tomou rito sumário e amigos me escrevem que faça o presidente fugir o mais cedo possível. Meu pai foi avisado e está ansioso. Recomenda que sirvamos bem o seu amigo e lhe digamos a mágoa em que tudo isso o mergulha. Sua saúde só lhe permite ajudá-lo com esses votos, que seriam mais sinceros se o amigo tivesse sido mais considerado. É o que diz a carta.

O marquês a leu às pressas e, depois de sermonear Fontanis, que dificilmente aceitava ser preso, entregou-o aos guardas, que eram apenas cabos de seu regimento, e o exortou a se consolar, com mais motivos porque não o perderia de vista.

– Obtive com bastante trabalho – lhe diz –, um castelo a umas cinco ou seis léguas daqui. Ficará sob as ordens de um meu velho amigo, que o tratará como se fosse eu. Pelos seus guardas, lhe envio uma carta em que o recomendo vivamente. Esteja em paz.

O presidente chorou como uma criança. Nada é amargo como o arrependimento do crime que vê recair sobre si os flagelos de que ele mesmo se serviu. Mas tinha de ir embora e pediu com insistência licença para beijar a mulher.

– A sua mulher – lhe diz, brusca, a marquesa –, já não o é mais. Felizmente, e em nossos desastres é a única amenidade que temos.

– Está bem – diz o presidente –, hei de ter a coragem de suportar mais essa ferida. – E subiu no carro dos polícias.

O castelo a que levaram o pobre era o de uma terra do dote da sra. Olincourt, onde tudo estava preparado para recebê-lo. Um capitão do regimento de Olincourt, homem esquentado e rebarbativo, devia desempenhar o papel de diretor. Recebeu de Fontanis, despediu os guardas e disse duramente ao prisioneiro, ao enviá-lo a um quarto muito ruim, que tinha para ele ordens posteriores, de uma severidade de que não podia se afastar.

Deixaram o presidente nessa cruel situação durante cerca de um mês. Ninguém o via, só lhe serviam sopa, pão e água, deitava na palha num quarto de horrível umidade. Nele só entravam como na Bastilha, isto é, como com animais nas baias, para lhe trazer o que comer. O infeliz magistrado teve cismas cruéis e não interrompidas nessa fatal estadia. Por fim, o falso diretor surgiu e, depois de o ter molemente consolado, lhe falou o seguinte:

– Não deve ter dúvidas de que o seu primeiro erro foi querer se ligar a uma família tão acima do sr. sob todos os aspectos. O barão de Téroze e o conde de Olincourt pertencem à mais alta nobreza, dominam toda a França, e o sr. não passa de um pobre togado provençal, sem nome e sem crédito, sem posição nem renome. Se tivesse pensado um pouco em si mesmo, teria mostrado ao barão de Téroze que estava cego a seu respeito, que não estava nada feito para a sua filha. Como pôde crer, aliás, que essa mulher bela como o amor pudesse se tornar a esposa de um velho e feio macaco como o sr.; vá que as pessoas não conheçam a elas mesmas, mas não a esse ponto. Os pensamentos que deve ter tido em sua permanência aqui por certo o persuadiram de que nesses quatro meses que está com o marquês de Olincourt só serviu de brinquedo e piada. Gente de sua posição e da sua aparência, da sua profissão e da sua idiotice, da sua maldade e da sua safadeza, só pode esperar tratamentos desse gênero. Por mil artimanhas, cada uma mais engraçada que a outra, o impediram de gozar daquela a que pretendeu. Deram-lhe quinhentas chicotadas num castelo de fantasmas, o fizeram ver sua mulher nos braços daquele que ela adora, o que tolamente tomou por um fenômeno, o puseram a namorar uma rameira paga que zombou do sr., terminaram encerrando-o neste castelo, onde só depende do marquês de Olincourt, meu coronel, de o manter até o fim da vida, o que certamente ocorrerá se recusar a assinar este escrito aqui. Observe, antes de o ler, que para o mundo não é mais que um pretendente da srta. Téroze, nunca seu marido. Como o matrimônio foi o mais secreto possível, suas testemunhas consentiram em anulá-lo e o padre entregou a ata, está aqui. Também o notário rescindiu o contrato, como pode ver. Nunca dormiu com a sua mulher, assim o seu casamento é nulo. Está tacitamente anulado com o acordo de todas as partes, o que dá a essa ruptura tanta força como se devida às leis civis e religiosas. Eis aqui também as desistências do barão de Téroze e de sua filha. Só falta a sua e é esta. Escolha entre assinar amigavelmente ou terminar seus dias aqui. Fale. Disse tudo.

O presidente, depois de pensar um instante, pegou o papel e leu estas palavras:

"Atesto a todos os que este leiam que nunca fui esposo da srta. de Téroze. Devolvo-lhe por escrito todos os direitos que se pensou em um tempo me dar sobre ela e declaro que não os reivindicarei enquanto viva. Louvo-me no procedimento que ela e sua família tiveram comigo durante o verão que passei na casa deles. É de comum acordo, com plena vontade de um e outro, que mutuamente renunciamos aos desígnios de união de que fomos alvo, nos devolvendo reciprocamente a liberdade de dispor de nossas pessoas, como se nunca tivesse existido a intenção de nos unir. É com toda a liberdade de corpo e espírito que este assino no castelo de Valnord, de propriedade da sra. marquesa de Olincourt."

– Disse, sr. – falou o presidente ao terminar de ler –, o que me aguardaria se eu não assinasse, mas não indicou o que vai me acontecer se consentir em firmar.

– O prêmio será sua liberdade na hora – prosseguiu o falso diretor –, o pedido de que aceite esta joia de duzentos luíses de parte da marquesa de Olincourt e a certeza de achar na porta do castelo o seu criado e dois excelentes cavalos, que o esperam para levar a Aix.

— Assino e parto. Quero demais me livrar de todas essas gentes para hesitar um minuto.

— Tudo bem, presidente — diz o capitão, pegando o papel assinado e lhe entregando a joia —, mas cuidado com a sua conduta. Uma vez fora, se a mania de se vingar alguma vez se apoderar do sr., antes de a ela ceder, lembre que o adversário é forte, que a poderosa família, que uma iniciativa sua ofenderá inteira, vai fazê-lo passar por louco na hora e que o hospício se tornará sua residência vitalícia.

— Nada receie, sr. Sou o primeiro interessado a não ter mais relações com tais pessoas e vou saber evitá-las.

— É o que lhe aconselho — diz o capitão, lhe abrindo enfim a porta do cárcere —, siga em paz e que nunca torne a ser visto nesta região.

— Pode confiar em minha palavra — diz o juiz montando a cavalo. — Este breve acontecimento corrigiu meus defeitos. Viva ainda mil anos e não virei mais buscar mulher em Paris. Entendi às vezes o pesar de ser traído depois de casar, mas não que fosse possível o ser antes do matrimônio. E terei em meus julgamentos semelhante moderação. Não me transformarei mais em mediador entre as mulheres venais e pessoas que valham mais que eu. Custa caro tomar o partido delas e não quero mais saber de quem tem espíritos prontos para os vingar.

O presidente desapareceu e se tornou sábio às próprias expensas. Não se ouviu falar mais nele. As rameiras apresentaram queixas, não foram mais apoiadas na Provença e os costumes ganharam com isso, porque as jovens, se vendo privadas desse apoio indecente, preferiram o caminho do bem aos riscos que esperavam por elas no do mal, quando os magistrados foram capazes de sentir o horrível inconveniente de nele as manter pela sua proteção.

Enquanto o presidente voltava a sentenciar, o marquês de Olincourt, já se vê, fez o barão de Téroze largar seus preconceitos favoráveis a de Fontanis, trabalhando com a mesma disposição que lhe vimos para que as coisas fossem feitas com segurança. Seu jeito e autoridade se saíram tão bem que três meses depois a srta. de Téroze casou publicamente com o conde de Elbène, com o qual viveu perfeitamente feliz.

– Tenho às vezes algum remorso de ter maltratado esse homem torpe – dizia um dia o marquês à sua amável cunhada. – Mas ao ver, de um lado, a felicidade que resultou de minha atitude e, de outro, a convicção de não ter molestado senão um velhaco inútil à sociedade, inimigo no fundo do Estado, perturbador do repouso público, carrasco de uma família honesta e respeitável, grande difamador de um homem superior que estimo e de cujas vistas partilho, me consolo e digo com o filósofo: ó soberana Providência, por que é preciso que os meios do homem sejam tão limitados para que não possa chegar ao bem senão por um pouco de mal?

*Esse conto foi terminado a 16 de julho de 1787, às 10 horas da noite.*

# Talião

Um bom burguês de Picardia, talvez descendente de um desses ilustres trovadores das margens do Oise ou do Somme e cuja existência vem sendo tirada das trevas há dez ou doze anos por um grande escritor do século, um valente e honesto burguês, digo, morava na cidade de São Quintino, tão famosa pelos grandes homens que deu à literatura, honradamente com a mulher e uma prima do terceiro grau, religiosa num convento dessa cidade. A prima era uma moreninha de olhos vivos, de carinha bonita, nariz arrebitado e corpo esbelto. Estava com vinte e quatro anos, sendo religiosa há quatro. Irmã Petronilha, era o seu nome, tinha uma bonita voz e bem mais temperamento que religião. Quanto ao sr. de Esclaponville, como se chamava nosso burguês, era um parrudo divertido de uns vinte e oito anos, gostando demais da cozinha e nem tanto da sra. de Esclaponville, tendo em vista que já fazia dez anos que dormia com ela, e que um costume de dez anos é funesto ao fogo do himeneu. A sra. de Esclaponville – já que é preciso pintar, pois por quem passaremos nós, se não pintarmos num século onde é preciso que os quadros, e até uma tragédia, para serem admitidos pelos vendedores devem ter pelo menos seis temas ou figuras? –, a sra. De Esclaponville era uma louraça algo apagada, mas bem branca, com bonitos olhos, boa carnação e as bochechas gordas que passam comumente no mundo por um sinal de bom desempenho.

Até o momento ela tinha desconhecido que existia um modo de se vingar de um esposo infiel. Paciente como a mãe, que tinha vivido oitenta e três anos com o mesmo homem sem lhe ser infiel, era ainda bastante ingênua e cheia de candura para nem mesmo desconfiar do terrível crime que os casuístas chamam de adultério e que as pessoas gentis, que tudo amenizam, conhecem simplesmente por galanteria. Mas uma mulher enganada recebe logo de seu ressentimento conselhos de vingança, e, como ninguém quer sobrar, não há o que ela não faça podendo, sem que se tenha nada a lhe censurar. A sra. de Esclaponville notou enfim que o querido esposo visitava um pouco demais a prima em terceiro grau. O demônio do ciúme se apodera de sua alma, espiona, se informa e acaba descobrindo que há pouca coisa tão conhecida em São Quintino como o caso do marido e da irmã Petronilha. Segura disso, a sra. de Esclaponville declara ao marido que seu comportamento lhe rasga a alma, que não merece isso e o conjura a se emendar de seus erros.

– Meus erros? – responde o esposo calmamente. – Mas não vês que eu estou me salvando, querida, dormindo com uma prima religiosa? A gente limpa a alma num contato tão santo, se identifica ao Ser supremo, incorpora o Espírito Santo. Nenhum pecado, minha cara, com pessoas consagradas a Deus. Purificam tudo o que se faz com elas, e frequentá-las, numa palavra, é abrir a porta da beatitude celeste.

A sra. de Esclaponville, descontente com o resultado do seu sermão, não diz mais nada, mas jura a si mesma achar um meio de eloquência mais persuasiva... O diabo é que as mulheres têm, sempre, um pronto. Por pouco bonitas que sejam, levantam um dedo e chovem vingadores de todos os lados.

Havia na cidade um certo vigário de paróquia, o abade de Bosquet, garotão de uns trinta anos, correndo atrás de todas as mulheres e criando de fato um bosque nas testas dos maridos de São Quintino. A sra. de Esclaponville conheceu o vigário e o vigário conheceu a sra. de Esclaponville, e os dois se conheceram tão perfeitamente que teriam podido se pintar dos pés à cabeça sem cometerem engano. No fim de um mês, vinham cumprimentar o infeliz Esclaponville, que se gabava de ser o único a escapar das temíveis avançadas do vigário e que possuía a única testa de São Quintino ainda não decorada.

– Não pode ser – diz Esclaponville aos que vêm lhe falar. – Minha mulher é recatada como uma Lucrécia. Contem-me cem vezes, não acreditarei.

– Então vem cá – diz um de seus amigos. – Vais te convencer por teus próprios olhos, e veremos depois se vais duvidar.

Esclaponville se deixou levar a uma meia légua da cidade, num lugar solitário onde o Somme, apertado entre duas frescas sebes cobertas de flores, propicia um delicioso balneário para os habitantes da cidade. Mas o encontro se dava a uma hora em que não havia ainda banhistas e nosso pobre marido teve o pesar de ver chegar, um depois do outro, a honesta esposa e o seu rival, sem que ninguém os perturbasse.

– E então? – pergunta o amigo a Esclaponville. – A testa começa a te coçar?

– Não ainda – diz o burguês, mas a coçando sem querer. – Talvez ela tenha vindo para se confessar.

– Vamos então ficar até o fim – fala o amigo.

Não demorou muito. Mal chega à sombra agradável da perfumada sebe, o abade de Bosquet despe tudo o que atrapalha o contato que tem em vista e se põe apto a trabalhar santamente, pondo, talvez pela trigésima vez, o bom e direito Esclaponville no lugar dos outros maridos da cidade.

– E agora, acreditas? – indaga o amigo.

– Voltemos – diz, acre, Esclaponville –, pois de tanto crer sou capaz de matar este maldito padre e me fariam pagar mais do que ele merece. Voltemos e vê se guarda segredo, te peço.

Esclaponville entra em casa confuso e, pouco depois, sua benigna esposa se apresenta para jantar a seu casto lado.

– Um momento, mimosa – diz o burguês furioso –, desde a infância jurei a meu pai nunca jantar com putas.

– Com putas? – continua sem se alterar a sra. Esclaponville. – Essa palavra me admira. O que tem a me reprovar?

– Como, podridão, o que tenho a te reprovar? O que esteve fazendo na praiazinha agora de tarde com o vigário?

– Meu Deus, só por isso? – replica a mulher com doçura. – É só o que tens a dizer, meu filho?

– Como só o que tenho a dizer?

– Mas, meu caro, segui seus conselhos. Não me disse que não se arriscava nada indo com pessoas da igreja, que com um caso santo se depurava a alma, que era se identificar com o Ser supremo, fazer entrar em si o Espírito Santo e se abrir, numa palavra, a porta da beatitude celeste?... Pois bem, meu filho, não fiz senão o que me disse, sou uma santa e não uma rameira. Ah, e lhe afirmo que se alguém de nossas pessoas de Deus tem um meio de abrir, como diz, a porta da beatitude celeste, é certamente o sr.. vigário, pois nunca vi uma chave tão grossa.

# O CORNO DE SI MESMO
## OU A CONCILIAÇÃO INESPERADA

Um dos maiores defeitos das pessoas mal-educadas é arriscar sem cessar uma série de indiscrições, maledicências ou calúnias sobre tudo o que respira, e diante de pessoas que nem conhecem. Incalculável a quantidade de problemas trazidos por esses fuxicos. Qual o homem honesto que ouvirá dizerem mal de quem o interessa sem se opor ao falador? Não se fez entrar bastante na educação dos jovens o princípio de uma discreta contenção, não lhes ensinam bastante a conhecer o mundo, os nomes, as qualidades, as dependências das pessoas com as quais estão feitos para viver. Isso é substituído por mil tolices, boas apenas de calcar aos pés quando se chega à idade da razão. Parece que só se educam capuchinhos, tanto é o beatismo, as patacoadas e inutilidades, nunca uma boa regra de moral. Vá mais longe e interrogue um jovem sobre seus reais deveres em relação à sociedade. Pergunte-lhe o que deve a si mesmo e o que deve aos outros, como convém que se porte para ser feliz. Responderá que lhe ensinaram a ir à missa e recitar litanias, mas nada ouviu do que pretende lhe dizer; que lhe ensinaram a dançar, a cantar, não a viver entre os homens. A questão que resultou do inconveniente que retratamos não foi grave a ponto de derramar sangue, acabou numa brincadeira. Para detalhá-la, vamos abusar alguns minutos da paciência de nossos leitores.

O sr. de Raneville, de uns cinquenta anos, tinha um desses caracteres fleumáticos que é sempre um prazer deparar. Ria pouco, mas fazia rir bastante os outros, tanto pelas tiradas de um espírito mordaz como pela maneira fria com que as pronunciava. Não raro, por seu silêncio ou as expressões burlescas de sua fisionomia taciturna, divertia mil vezes mais os círculos em que era admitido do que esses conversadores pesados, monótonos, tendo sempre uma história a contar de que riem uma hora de antemão e sem conseguirem depois desenrugar um minuto a testa dos que os escutam. Possuía um bom emprego no departamento de fazendas e, para se consolar de um casamento contraído outrora em Orléans, em que abandonou a esposa desonesta, gastava tranquilo em Paris vinte ou vinte e cinco mil libras de rendas com uma bonita mulher, que sustentava com alguns amigos tão amáveis como ele.

A amante do sr. de Raneville não era uma profissional, mas mulher casada e por isso mais excitante, pois, diga-se o que quiser, o salzinho do adultério valoriza não raro o prazer. Era bonita, com trinta anos e o mais belo corpo concebível. Separada de um marido medíocre e cansativo, veio da província tentar a sorte em Paris, e não teve de esperar para encontrá-la. Raneville, devasso por natureza, à espreita de qualquer bocado de valor, não deixou que esse escapasse, e há três anos, num trato consciencioso, com muito espírito e muito dinheiro, esquecia com essa jovem os pesares que antigamente ao himeneu aprouve semear sobre seus passos. Tendo os dois mais ou menos o mesmo fado, se consolavam juntos e confirmavam a grande verdade que no entanto não corrige ninguém: que há tanto casal errado e portanto tanta infelicidade no mundo porque pais avarentos ou burros combinam antes bens que caracteres. Não raro

Raneville dizia à amante que não duvidava que, se a sorte os tivesse unido, em lugar de dar a você um marido tirano e ridículo e a mim uma rameira, rosas teriam embelezado nossas vidas, em vez dos espinhos que tanto tempo nos feriram.

Uma ocorrência qualquer, inútil de especificar, levou um dia o sr. de Raneville ao povoado embarrado e doentio que se chama Versalhes, onde reis feitos para serem adorados na capital parecem fugir à presença de súditos que os buscam, onde a ambição, a avareza, a vingança e o orgulho conduzem diariamente, na asa do tédio, uma multidão de infelizes a se sacrificar ao ídolo do dia, onde a nata da nobreza francesa, que poderia ter um papel importante em suas terras, consente em vir se humilhar nas antessalas, cortejar os suíços nas portas, mendigar submissamente um jantar menos bom que o próprio na casa de alguns que a sorte tira um instante das nuvens do esquecimento, para nelas pouco depois os mergulhar.

Realizada sua tarefa, o sr. de Raneville retoma uma dessas viaturas da corte que chamam de urinol. Nela depara com um certo sr. Dutour, conversador, redondo, sólido, grande trocista, empregado como o sr. de Raneville no departamento de fazendas, mas em Orléans, sua terra, que, como se disse, também era a do sr. de Raneville. Começam a conversar e esse, sempre lacônico e não se abrindo nunca, já sabe o nome, o sobrenome, lugar de nascimento e profissão do companheiro de estrada, antes de ter dito uma palavra. Passadas essas informações, o sr. Dutour entra em assuntos sociais.

– Esteve em Orléans, sr., creio que o disse.

– Passei lá uma temporada de meses antigamente.

— Conheceu, diga, uma das maiores putas do mundo, uma tal de sra. de Raneville?

— A sra. de Raneville, uma mulher muito bonita?

— Justamente.

— Sim, a vi em reuniões.

— Bem, lhe conto em confidência que eu a tive, há uns três dias, fácil, fácil. Realmente, se há um corno, é o pobre do Raneville.

— Conhece-o?

— Sei que é um mau-caráter que gasta a vida em Paris, dizem, com mulheres fáceis e malandros como ele.

— Não vou opinar porque não o conheço, mas lastimo os maridos enganados. Por acaso não é um deles?

— A qual dos dois se refere, enganado ou marido?

— Um e outro. Essas coisas estão tão ligadas hoje que na verdade é difícil fazer diferença.

— Sou casado, sr. Tive a desgraça de ter uma mulher que não combinou comigo. Seu gênio também me agradando pouco, nos separamos amigavelmente. Ela desejou vir partilhar em Paris a solidão de uma de suas parentes, religiosa no convento da Santa Áurea, e mora nessa casa, de onde me manda, de tempos a tempos, notícias, mas não a tenho visto.

— É devota?

— Não, e eu teria gostado mais.

— Ah, o entendo. E não teve nem a curiosidade de se informar da sua saúde, nesta estada que os negócios o forçam a fazer em Paris?

— Não, é certo, não gosto de conventos. Amigo da alegria, do riso, feito para a diversão, procurado por todos, não aceito ir arriscar num parlatório seis meses de mau humor.

— Mas uma mulher...

— ... é um ser que interessa quando a gente se serve dele, mas de quem convém saber se afastar com firmeza quando razões sérias nos separam.

— Há dureza no que diz.

— De modo algum: filosofia. É o tom de hoje, a linguagem da razão. Ou se adota ou se passa por tolo.

— Isso faz supor algum erro em sua mulher. Explique, defeito de natureza, de tolerância ou de conduta.

— Um pouco de tudo... um pouco de tudo, sr., mas deixemos isso, por favor, e voltemos à nossa cara sra. de Raneville. Por Deus, não entendo como esteve em Orléans sem ter se divertido com ela. Todo mundo o fez.

— Todo mundo, não, pois já vê que eu não. Não gosto de mulher casada.

— Sem querer ser curioso, com quem passa o seu tempo?

— Trato primeiro de meus negócios, logo de uma criatura bem bonita com que janto uma que outra vez.

— Não é casado, sr.?

— Sou.

— E a sua mulher?

— Está na província e deixo ela lá, como deixa a sua em Santa Áurea.

— Casado, sr., casado, e será da confraria? Por favor, me conte.

— Não lhe disse que esposo e corno são termos sinônimos? A depravação dos costumes, o luxo... tantas coisas levam a preferir a uma mulher.

— Oh, é certo, sr., certo.

— Fala como quem tem experiência própria.

— Absolutamente, se bem que uma pessoa bonita o consola da ausência da esposa abandonada.

– Realmente, uma pessoa de fato bonita. Quero que a conheça.

– Que honra.

– Sem cerimônias, sr. Chegamos. Deixo-o livre hoje por causa de seus negócios, mas amanhã sem falta o espero para jantar neste endereço.

E Raneville teve o cuidado de lhe passar um com outro nome, logo prevenindo em casa, a fim de que, se procurassem pelo nome que deu, fossem chamá-lo.

No outro dia, o sr. Dutour não falta ao encontro e, com essas precauções, chega logo ao sr. de Raneville. Feitos os primeiros cumprimentos, o visitante parecia preocupado por não ver a divindade com que contava.

– Criatura impaciente – diz Raneville –, vejo aqui o que os seus olhos buscam. Lhe prometeram uma mulher bonita e já começa a adejar em torno dela. Acostumado a decorar a testa dos maridos de Orléans, pretende, estou certo, tratar do mesmo modo os amantes de Paris. Aposto que não hesitaria em me pôr no mesmo grupo do infeliz Raneville, com que ontem me divertiu.

Dutour responde convencido de que dá sorte, fátuo e portanto tolo. O diálogo se interrompe um instante e Raneville pega o outro pela mão:

– Venha, homem cruel, venha ao templo em que a divindade o aguarda.

E o faz entrar num quarto sensual, onde a amante de Raneville, preparada para a brincadeira, estava numa otomana de veludo no roupão mais elegante, mas de véu. Nada escondia a elegância e a riqueza de seu corpo; só o seu rosto não dava para ver.

– Eis uma bela pessoa – constata Dutour. – Mas por que me privar do prazer de admirar seus traços, estamos por acaso no serralho de um paxá?

– Não, não fale, é questão de pudor.
– Como pudor?
– Sim. Pensa que eu pretendo só lhe mostrar o corpo ou a veste de minha amante? Meu êxito só será completo se, tirando todos esses véus, eu o convença de como sou feliz dispondo de tantos encantos. Esta moça é especialmente modesta e encabularia com esses detalhes; consentiu, mas sob a expressa condição de conservar um véu. Conhece o pudor e as delicadezas das mulheres, sr. Dutour. Não a um homem elegante e na moda como o sr. é preciso lembrar essas coisas!
– Você vai me mostrar?...
– Tudo, já disse. Ninguém tem menos ciúme que eu. O que se desfruta sozinho fica insípido. Só há delícia no que é partilhado.

Comprovando suas frases, Raneville começa por tirar um lenço de gaze que põe a descoberto a sua bela garganta. Dutour se inflama.

– Hem – lhe pergunta Raneville –, o que me diz disso?
– São encantos dignos de Vênus.
– Não acha que seios tão brancos e firmes foram feitos para produzir chamas? Mas toque, toque, os olhos às vezes enganam. A meu ver, em matéria de sentidos, é preciso empregar todos eles.

Dutour acerca a mão trêmula e apalpa com êxtase o mais belo seio, se bem que impressionado com a incrível complacência do amigo.

– Vamos mais embaixo – diz Raneville, tirando uma saia de tafetá leve sem que ninguém se oponha. – O que me diz destas coxas? Está o templo do amor apoiado por colunas mais bonitas?

E o caro Dutour, sempre a tocar o que Raneville descobria:

— Malandro — continua esse —, eu adivinho o que sente. Esta delicada gruta, que as próprias graças taparam com um leve musgo, gostaria de entreabrir, não é? Que digo? De beijar, aposto.

E Dutour enceguecido, balbuciando, já não respondia senão pela violência das sensações que seus olhos exprimiam. Encorajado, seus dedos devassos acariciam o pórtico do templo que a própria volúpia entreabre a seus desejos. O divino beijo que lhe consentiram, dá e saboreia uma hora.

— Amigo — afirma —, não aguento mais. Me expulse da sua casa ou deixe que eu vá mais longe.

— Como mais longe, onde, diabo, quer ir, por favor?

— Ai, não me entende? Estou ébrio de amor, não posso me conter.

— E se esta mulher for feia?

— Impossível, com encantos destes...

— E se for?...

— Que seja como for, meu caro, não posso mais resistir.

— Toque em frente, terrível criatura, satisfaças já que é preciso. Não me agradece a complacência?

— Ah, a maior sem dúvida.

E Dutour empurrou suave o amigo com a mão, para que o deixasse só com a mulher.

— Ah, o deixar só, não posso — diz Raneville —, mas será tão cheio de escrúpulos que não possa se satisfazer na minha presença? Entre homens, não se têm essas cerimônias. E a minha condição é esta: diante de mim ou nada.

— Até diante do diabo – diz Dutour, não se contendo e se precipitando ao santuário para queimar seu incenso –, já que quer, de acordo...

— Bem – ponderou, fleumático, Raneville –, as aparências o enganaram, e as doçuras prometidas por tantos encantos são ilusórias ou reais?... Ah! Nunca viu nada de tão sensual.

— Mas este maldito véu, amigo, este véu traiçoeiro, não me deixará tirá-lo?

— Sim, no último momento, no momento tão agradável em que todos os nossos sentidos, seduzidos pela embriaguez dos deuses, se deixam ir e nos tornam felizes como eles, não raro mais. A surpresa duplicará o seu êxtase. A graça de usufruir da própria Vênus acrescentará a inexprimível delícia de contemplar os traços de Flora, e, tudo se ligando para aumentar a sua felicidade, mergulhará melhor neste oceano de prazeres, onde o homem acha com tantas doçuras o consolo de existir... Me dará um sinal...

— Oh, verá logo – diz Dutour –, nesse instante eu me empolgo.

— Sim, vejo, o sr. é fogoso.

— E a um ponto... Ah, meu amigo, estou chegando no momento celeste. Arranque, arranque este véu, que eu contemple o paraíso.

— Pronto – e Raneville faz desaparecer a gaze –, mas cuidado que talvez perto desse paraíso esteja o inferno!

— Ó céus! – brada Dutour reconhecendo a esposa. – Mas é a sra.! Que brincadeira sem graça, sr.. Esta criminosa merecia...

— Um momento, um momento, homem fogoso. Quem merece é o sr. ... Aprenda, amigo, que é preciso ser um pouco mais circunspeto com pessoas que a gente não conhece do que foi ontem comigo. O pobre Raneville que tratou tão mal em Orléans, sou eu, sr. Já vê que lhe dou o troco em Paris. Ademais, avançou além do que pensava. Calculou cornear apenas a mim e o fez também a você mesmo.

Dutour sentiu a lição. Estendeu a mão ao amigo e reconheceu que era o que merecia.

– Mas esta fingida...

– Bom, ela o imita. A bárbara lei que inumanamente aprisiona esse sexo e nos dá toda liberdade é equitativa? Por que direito natural encerra sua mulher em Santa Áurea, enquanto põe galhos nos maridos em, Orléans e Paris? Isso não é justo, e a encantadora criatura que não soube valorizar procurou outras conquistas. Tinha razão. Deu comigo, lhe fiz o bem. Proceda assim com a sra. de Raneville, estou de acordo. Vivamos os quatro felizes, e que as vítimas das circunstâncias não se tornem as dos homens.

Dutour julgou certo o amigo, mas, por uma inconcebível fatalidade, voltou a se apaixonar loucamente pela esposa. Por cáustico que Raneville fosse, tinha a alma demasiado generosa para resistir às instâncias de Dutour para reaver a mulher. Esta consentiu, e temos nessa ocorrência única um exemplo à parte dos imprevistos da fortuna e dos caprichos do amor.

## Há lugar para dois

Uma bonita burguesa da rua Saint-Honoré, de uns vinte e dois anos, com uma gordura firme, as carnes mais frescas e apetecíveis, de formas modeladas ainda que um tanto cheias, e que a esses atrativos juntava os da presença de espírito, vivacidade e um amor vivo pelos prazeres proibidos pelas leis do casamento, se decidira há um ano a dar dois auxílios ao marido. Velho e feio, esse não apenas a desagradava, como cumpria, tão mal quanto raramente, os deveres que talvez um pouco melhor realizados teriam acalmado a exigente Dolmena, como se chamava a bonita burguesa. Nada tão bem combinado como os encontros com os dois amantes: Des-Roues, jovem militar, era atendido em geral das quatro às cinco da tarde, e das cinco e meia às sete, Dolbreuse, um negociante jovem e do mais belo aspeto possível. Em outras horas não dava, só aí a sra. Dolmena tinha paz. De manhã, fazia compras, e de noite tinha de aparecer às vezes, ou então o marido vinha e era preciso falar de seus negócios. Mas a sra. Dolmena confessara a uma de suas amigas que gostava que os instantes de prazer se sucedessem de perto. Dessa maneira, a seu ver, os fogos da imaginação não se extinguiam e era doce passar de um prazer a outro, sem o esforço de voltar à atividade comum. A sra. Dolmena era pessoa que calculava bem as sensações do amor. Poucas mulheres as analisam como ela e era em razão desse talento que reconhecera que, bem pesadas as coisas, dois amantes valem mais do que um. Quanto à reputação, dava no mesmo: um cobria o outro, podiam se enganar, podia ser sempre o mesmo a ir e voltar diversas vezes por dia. Quanto ao prazer, que diferença! Receando muito a gravidez, certa de que o marido nunca faria com ela a loucura de lhe estragar a silhueta, tinha também calculado que com dois amantes havia menos risco do que com um, porque, afirmava como boa anatomista, os dois frutos se destruíam mutuamente.

Um dia, a ordem estabelecida nos encontros foi perturbada, e os dois amantes, que nunca tinham se visto, conheceram-se, como se verá, bem gratamente. Des-Roues era o primeiro, mas veio tarde e, como se o diabo se metesse, Dolbreuse, o segundo, chegou um pouco mais cedo.

O leitor, tão inteligente, percebe logo que da combinação desses dois errinhos surgiria infelizmente um encontro forçoso. Teve lugar, mas digamos como ocorreu e, se pudermos, com a decência e o comedimento que pedem uma matéria já licenciosa por si mesma.

Por um capricho estranho, mas muito praticado, nosso jovem militar, cansado do papel masculino na cama, adotou o feminino e, em vez de estar contido nos braços da deusa, quis que essa o contivesse, em suma, o de cima pôs em baixo. Na troca de papéis, era a sra. Dolmena que, nua como a Vênus calipígia, se estendia sobre o amante e virava para a porta do quarto em que se celebrava a cerimônia, o que os gregos adoravam na estátua que acabamos de mencionar. Nem era preciso buscar exemplos tão distantes, já que essa parte é tão bela que encontra inumeráveis adoradores em Paris. Essa era a posição quando Dolbreuse, acostumado a entrar direto, chega cantarolando e vê o que uma mulher de fato honesta não deve, se diz, nunca mostrar.

O que teria agradado tanto a muitos fez ele recuar.

– Mas o que estou vendo!... Traidora, era isso o que tinhas para mim?

Mas a sra., que estava num desses momentos em que uma mulher age incomparavelmente melhor do que raciocina, não ficou atrás:

– Que diabo há contigo? – fala ao segundo Adônis sem cessar de se entregar ao outro. – Não há nada de tão penoso para ti. Não vai nos estorvar se te puseres no que te resta. Estás vendo, há lugar para dois.

Dolbreuse não pôde deixar de rir do sangue-frio da amante e julgou que o mais simples era seguir-lhe o conselho. Não se fez de rogado e dizem que os três lucraram com isso.

## O MARIDO CASTIGADO

Um homem, já no declínio, teve a ideia de se casar, ainda que tenha vivido até a época sem mulher, mas talvez o pior foi escolher uma moça de dezoito anos com o rosto mais interessante do mundo e o corpo mais bem-assentado. O sr. de Bernac, como se chamava, cometia uma tolice ainda maior ao casar, por estar muito afastado do prazer habitual no matrimônio. As manias com que substituía as castas delícias do nó conjugal não eram de modo a agradar uma jovem feita como a srta. de Lurcie, a infeliz que Bernac ligara à própria sorte. Desde a primeira noite, comunicou suas preferências à esposa, depois de a ter feito jurar que nada revelaria aos pais. Tratava-se, como diz o famoso Montesquieu, dessa prática ignominiosa que lembra a infância: a jovem na posição de uma menina que merece castigo, assim se prestava, durante quinze ou vinte minutos, aos caprichos brutais do velho esposo. Só na fantasia desta cena ela conseguia a saborosa embriaguez do prazer que um homem mais organizado que Bernac certamente sentiria nos braços cativantes de Lurcie. O contato pareceu duro a uma mulher delicada, bonita, criada com liberalidade e longe do pedantismo. No entanto, como lhe recomendaram ser submissa, julgou que fosse costume dos maridos, e Bernac deve ter favorecido essa impressão. De modo que todo dia se prestava ingenuamente à depravação de seu sátiro. Todos os dias era a mesma coisa e mais seguido duas vezes do que uma. Ao fim de dois anos, a srta. de Lurcie, que seguiremos chamando assim, pois continuava ainda virgem como no primeiro dia das núpcias, perdeu o pai e a mãe e, com eles, a esperança de amenizar suas penas, como há algum tempo planejava.

A perda só fez Bernac mais atrevido e, se mantivera alguns limites em vida dos pais de sua mulher, não guardou mais medida depois que se foram e a viu na impossibilidade de conseguir quem a desforrasse. O que tinha de início o ar de brincadeira tornou-se aos poucos um tormento real. A srta. de Lurcie não aguentava, seu coração se amargou e pensava em se vingar. Relacionava-se com poucas pessoas, o marido a isolava na medida do possível, mas o cavaleiro de Aldour, seu primo, apesar das atitudes de Bernac, não deixou de ver sua parente, de rosto tão lindo, não sendo sem interesse que persistia em frequentá-la. Como tinha muito prestígio social, o ciumento esposo não se atrevia a afastá-lo da casa com receio de ser criticado. A srta. olhava o primo como um meio possível de se liberar da escravidão em que vivia. Escutava as gentis frases que o primo lhe dizia e, por fim, se abriu com ele, lhe contando tudo.

– Livre-me desse homem mau – lhe disse –, e por uma cena tão forte que ele não ouse nunca divulgar. Quando o fizer, me terá conquistado: é o meu preço.

Aldour, satisfeito, tudo promete e só se movimenta para o êxito de uma aventura que lhe dará tão belos momentos. Com as coisas prontas, diz a Bernac:

– Tenho o privilégio de estar ligado ao sr. e minha confiança é tanta que quero que esteja a par do casamento secreto que acabo de fazer.

– Um casamento secreto – se encanta Bernac por se livrar de um rival que o fazia tremer.

– Sim, me liguei a uma mulher cativante e amanhã ela deve me fazer feliz. É uma moça sem bens, confesso, mas que me importa? Tenho-os pelos dois. Mas é verdade que caso com uma família inteira. São quatro irmãs que vivem juntas, mas, como se dão bem, para mim é um acréscimo de ventura. Conto – prosseguiu o jovem – que o sr. e minha prima me farão amanhã a honra de comparecer ao menos ao banquete de núpcias.

– Saio pouco e minha mulher menos ainda. Vivemos num retiro. Ela gosta, não a perturbo.

– Sei o costume da casa, mas lhe digo que estarão como querem. Gosto tanto da solidão como o sr., e nesse caso tenho mais razões para isso, como lhe disse. Mas é no campo, faz bom tempo, tudo convida e lhe dou minha palavra de que estarão inteiramente sós.

Lurcie deixa entrever o desejo de ir. O marido não se atreve a contrariá-la na frente de Aldour, e a combinação é feita.

– Precisava querer isso? – repreende-a o marido logo que se acham a sós. – Sabe que essas coisas não me dizem nada, mas eu saberei acabar com seus desejos. Previno-a de que planejo vá em breve morar numa de minhas terras, onde verá apenas a mim.

E se valeu da contrariedade para fazer Lurcie passar a seu quarto. O pretexto, fundado ou não, aumentava o atrativo das cenas luxuriosas de que ele inventava motivos se a realidade faltasse.

– Iremos, sim, prometi. Mas vai pagar caro o desejo que demonstrou...

A pobrezinha, se julgando perto do desenlace, sofre tudo sem se queixar.

– Faça o que entender, sr. – diz, humilde. – Me fez uma gentileza, devo estar agradecida.

Tão doce resignação teria desarmado qualquer outro que não tivesse o coração endurecido pelo vício como o desbragado Bernac. Mas nada o detém até que, satisfeito, deita tranquilo. No dia seguinte, Aldour, dentro do combinado, vem buscar os cônjuges e partem.

– Veja – observa o primo de Lurcie entrando com o marido e a mulher numa casa extremamente isolada –, isso não parece uma festa, nem um carro, nem um lacaio. Eu lhe disse que estaríamos inteiramente sós.

Quatro mulheres grandes, de uns trinta anos, vigorosas e altas, vêm receber no patamar, o mais convencionalmente possível, o sr. e a sra. de Bernac.

– Esta é a minha mulher – Aldour apresenta uma delas – e estas três são suas irmãs. Casamos de manhã ao romper o dia em Paris e os esperávamos para comemorar as núpcias.

Trocam-se frases polidas e, depois de um instante em grupo no salão, quando Bernac, embora surpreso, se convence de que está tão só quanto possa desejar, um criado anuncia o jantar e vão para a mesa. Nada mais alegre que a refeição. As quatro pretensas irmãs, acostumadas a conversar, unem a vivacidade à animação, mas, mantendo sempre o decoro, enganam até o fim Bernac, que se crê na melhor companhia do mundo.

Lurcie, por sua vez, encantada de ver o seu tirano no laço, se deixava ir em relação ao primo e, decidida pelo desespero a renunciar enfim a uma continência que até agora só lhe trouxera pesares e lágrimas, bebia com Aldour bastante champanha e lhe assestava olhares ternos. Nossas heroínas, com tanta energia a recobrar, o faziam lautamente e também se inclinavam para Bernac, que, vendo nas circunstâncias apenas a alegria simples, de nada suspeitava e não se continha menos que o resto do grupo. Mas, como não convinha perder a razão, Aldour interrompe a tempo e sugere que passem a outra peça para o café.

– Ah, meu primo – diz ele a Bernac –, venha visitar a minha casa, sei que é homem de gosto. Eu a comprei e mobiliei para casar. Mas receio ter feito um mau negócio. Vai me dizer o que acha, por favor.

– Com prazer – responde o outro –, ninguém entende disso como eu e vou lhe estimar o todo com uma aproximação de dez luíses, aposto.

Aldour sobe a escada dando a mão à bonita prima. Colocam Bernac no meio das quatro irmãs e, nessa ordem, chegam a um apartamento sombrio e distante, bem no fundo da casa.

– Aqui é o quarto nupcial – transmite Aldour ao velho ciumento. – Vê este leito, primo? É onde a esposa vai deixar de ser virgem. Já é tempo, pois enlanguesce há muito.

Era a senha. No instante, as quatro profissionais saltam sobre Bernac, cada uma com um feixe de varas. Baixam-lhe a calça e, enquanto duas o seguram, as outras duas se revezam para fustigá-lo. Trabalham com vigor e Aldour explica:

– Meu caro primo, não lhe disse ontem que seria servido à sua maneira? Para lhe agradar não imaginei nada de melhor do que o que vem dando todos os dias à sua delicada mulher. Não é sem dúvida tão bárbaro para lhe fazer uma coisa que não gostaria de receber, assim penso que me agradecerá. Mas falta ainda um ponto à cerimônia. Minha prima, parece, continua intocada, embora com o sr. há tempo, como se tivesse casado há um instante. Tal abandono da sua parte certamente só pode vir da ignorância. Aposto que não sabe como se faz. Vou lhe mostrar, meu amigo.

Dizendo o que, o fogoso primo, ao som encantador das vergastadas, joga a prima na cama e a torna mulher diante dos olhos do indigno marido. Neste instante as mulheres param.

– Sr. – diz Aldour a Bernac descendo da cama –, vai achar a lição um tanto forte, mas concorde que a ofensa o foi também. Não sou nem desejo ser o amante de sua mulher; aqui está, a devolvo. Mas lhe aconselho a se portar no futuro de um modo mais humano com ela. Fora disso, ela seguirá tendo em mim um braço que o poupará ainda menos.

– Sra. – começa Bernac furioso –, na verdade a sua conduta...

– Foi a que mereceu, sr. – responde a moça. – Mas se não está conforme, pode a tornar pública. Exporemos cada um as suas razões e vamos ver de quem dos dois rirá o público.

Confuso, ele reconhece seus erros e deixa de inventar sofismas para legitimá-los. De joelhos, pede à mulher que o perdoe. Doce e generosa, ela o levanta e beija e os dois regressam para casa. Não sei que medidas

Bernac tomou, mas nunca a capital, depois desse momento, viu um casal mais ligado, amizade mais terna, matrimônio mais virtuoso.

## O MARIDO PADRE
*Conto provençal*

Entre a cidade de Menerbe no condado de Avinhão e a de Apt na Provença há um pequeno convento de carmelitas, isolado, de nome Santo Hilário, sobre a garupa de uma montanha onde mesmo as cabras têm dificuldade de pastar. O pequeno sítio é quase como o esgoto das comunidades carmelitas próximas, cada uma manda para aí o que a desdoura, sendo fácil de calcular como se deve manter pura essa casa. Bêbados, boêmios, sodomitas, jogadores compõem a companhia, e oferecem como podem a Deus, nesse escandaloso asilo, corações que o mundo recusou. Um ou dois castelos ali perto e o povoado de Menerbe, a apenas uma légua de Santo Hilário, eis o mundo desses religiosos que, apesar da veste e do estado, estão longe de encontrar abertas as portas das cercanias.

Há tempos o padre Gabriel, um dos santos do eremitério, cobiçava uma certa mulher de Menerbe, cujo marido, corno como ninguém, levava o nome de sr. Rodin. A sra. Rodin era uma moreninha de vinte e oito anos, de olhar maroto, anca arrebitada e parecendo em todos os pontos um soberbo pedaço de monge. Quanto ao sr. Rodin, era bom homem, vivendo pelo melhor sem comentários. Tinha vendido tecidos, tinha sido funcionário da prefeitura, era o que se diz um correto burguês. Não muito seguro da virtude de sua meiga metade, era no entanto bastante filósofo para sentir que a maneira de se opor à excessiva excrescência frontal é tomar a atitude de ignorá-la. Tinha estudado para ser padre, falava latim como Cícero e jogava damas seguido com o padre Gabriel, que, sagaz e prevenido galã, sabia que sempre convém fazer um pouco a corte ao marido de que se deseja ter a mulher. Era um verdadeiro reprodutor dos filhos de Elias o padre Gabriel. Vendo-o, se diria que a raça humana podia nele descansar em paz da preocupação de se reproduzir. Um fazedor de filhos como nunca se viu, ombros firmes, rins como um tronco, rosto escuro, queimado, sobrancelhas como as de Júpiter, um metro e noventa de altura, e o que caracteriza em particular um carmelita, construído, diziam, pelo modelo dos mais bem-dotados mulos da província. A que mulher um tal malandro não agradaria soberanamente? Convinha assim muito bem à sra. Rodin, longe de achar as mesmas sublimes faculdades na boa pessoa que os pais lhe tinham dado por esposo. O sr. Rodin parecia fechar os olhos sobre tudo, dissemos, mas nem por isso era menos ciumento. Não dizia nada, mas ficava por ali, inclusive quando o desejavam bem longe. A pera, porém, estava madura. A cândida Rodin tinha declarado ao galã que só esperava a oportunidade para corresponder a seus desejos, os quais lhe pareciam ardentes demais para se resistir muito a eles. De sua parte, o padre Gabriel tinha feito sentir à sra. Rodin que estava pronto a satisfazê-la. Num breve momento em que Rodin teve de sair, Gabriel fez mesmo ver à sedutora moça coisas que determinam uma mulher que ainda hesita... Só faltava a ocasião.

Um dia em que Rodin veio almoçar com o amigo em Santo Hilário, com o plano de uma caçada, depois de esvaziar algumas garrafas de vinho de Lanerte, Gabriel julgou chegado o instante propício a seus desejos.

– Por Deus, sr. funcionário – diz o monge ao amigo –, que bom o ver, chegou em tempo. Tenho um negócio de grande importância, em que me será de uma utilidade sem par.

– De que se trata, padre?

– Conhece o Renoult, no povoado?

– O chapeleiro?

– Justamente.

– Bem?

– Bem, esse safado me deve cem escudos e me disseram agora que está em vésperas de falir. Estou lhe falando e talvez ele já tenha fugido do condado... Devia correr lá e não posso.

– O que o impede?

– A missa, por Deus, a missa que tenho de celebrar. Bem queria que a missa fosse para o diabo e os cem escudos estivessem no meu bolso.

– Como, não o podem dispensar?

– Oh, dispensar, oh! Somos três aqui. Se não dizemos cada dia três missas, o guardião, que nunca as diz, nos denuncia à corte de Roma. Mas há um meio de me servir, meu caro. Veja se topa, depende de você.

– Claro, com prazer. O que é?

– Estou sozinho aqui com o sacristão. Tendo sido ditas as duas primeiras missas, nossos monges já saíram e ninguém desconfiará. A assembleia será pouco numerosa, alguns camponeses e no máximo talvez a pequena dama tão devota que mora no castelo de... a meia hora daqui, uma criatura angélica que imagina, à força de privações, reparar as safadezas do marido. O sr. estudou para padre, me falou, lembro.

– Por certo.

– Bem, deve ter aprendido a dizer a missa.

– Digo-a como um arcebispo...

– Ah, meu caro e bom amigo – continua Gabriel abraçando Rodin –, ponha o meu hábito, espere que soem as onze – agora é dez –, e então diga a minha missa, lhe peço. Nosso irmão franciscano é um bom diabo que nunca nos trairá. Aos que julgarem não me reconhecer, diremos que se trata de um padre novo, e aos outros deixamos no engano. Corro ao safado do Renoult, ou me devolve o dinheiro ou o mato, e estou de volta em duas horas. Me espere, faça fritar os bifes, mexer os ovos, tirar o vinho, que na volta comemos e vamos caçar. Sim, amigo, à caça! Aposto que desta vez vai ser boa. Dizem que foi visto um animal com guampas nesta região e vamos agarrá-lo, mesmo que o dono da terra nos faça vinte processos!

– Seu plano é bom – diz Rodin –, e para lhe ser útil não há o que eu não faça. Mas não há nisso pecado?

– De pecado, amigo, nem uma palavra. Podia haver fazendo mal a coisa, mas, fazendo-a sem poderes, tudo o que disser e nada será o mesmo. Vá por mim, sou casuísta. Não há no caso nem o que se conhece por pecado venial.

– Mas há que dizer as palavras?

– E por que não? Essas palavras só têm virtude em nossa boca. Veja, amigo, direi essas palavras no baixo-ventre de sua mulher que transformarei em deus o templo onde o sr. sacrifica.... Não, não, meu caro, apenas nós temos o dom da transubstanciação. Pode pronunciar mil vezes as palavras que nunca fará nada descer. E mesmo conosco a operação às vezes falha de todo. É a fé que faz tudo aqui. Com um grão de fé se transportam montanhas, sabe, Jesus Cristo disse, mas quem não tem fé nada faz. Eu, por exemplo, que às vezes na cerimônia penso antes nas mulheres livres e nas honestas da audiência que no diabo deste pedaço de pasta que movo em meus dedos, julga que então consigo que venha alguma coisa? Acreditaria antes no Alcorão do que meter isso no crânio. Sua missa será com pouca diferença tão boa como a minha. Assim, afugente os escrúpulos, sobretudo tenha ânimo.

– Bah – diz Rodin –, a verdade é que tenho um apetite devorador e ficar ainda duas horas sem almoçar!

– E o que o impede de mastigar um pouco? Pegue isso aqui.

– Mas e a missa que devo dizer?

– Ora, ora, que diferença faz? Crê que Deus seja mais profanado entrando num estômago cheio que num vazio? Que o alimento lhe caia por cima ou esteja embaixo, que o diabo me leve se isso não dá no mesmo. Ande, amigo, se fosse dizer a Roma todas as vezes que como antes de dizer a missa, passaria a vida na estrada. Além disso, não é padre, nossas regras não valem no seu caso, vai dar apenas uma imagem da missa, não dizê-la. De modo que pode fazer tudo o que deseja antes ou depois, até beijar a sua mulher se ela estiver lá, apenas agir como eu, não celebrar nem consumar o sacrifício.

– Vamos – assente Rodin –, agirei como você, esteja tranquilo.

— Bem — diz Gabriel, já se afastando e deixando o amigo recomendado ao sacristão —, conte comigo, antes de duas horas estou de volta. — E o monge enfeitiçado se escapa.

Imagina-se que tenha chegado correndo em casa da sra. funcionária. Surpresa em vê-lo, pois o julgava com o marido, ela lhe indaga o motivo da visita tão imprevista.

— Querida, nos despachemos — responde o monge sem ar —, temos só um instante para nós. Um copo de vinho e ao trabalho.

— E meu marido?

— Diz a missa.

— A missa?

— Isso, boneca, sim, sim — segue o carmelita, derribando a sra. Rodin na cama —, fiz um padre do seu marido e, enquanto o patife celebra um mistério divino, nos apressemos em consumar um profano...

O monge era vigoroso, não era fácil lhe resistir ao empunhar uma mulher. Suas razões aliás são tão demonstrativas que persuadem a sra. Rodin. E, como ele não se cansa de convencer uma marota de vinte e oito anos com temperamento provençal, renova mais uma vez suas demonstrações.

— Mas, meu anjo — diz enfim a bela perfeitamente convencida —, sabes que o tempo é curto, temos de nos separar. Se nossos prazeres só devem durar uma missa, há tempo que estão no *ite missa est*...

— Não, não, minha terna — diz o carmelita, tendo ainda um argumento a oferecer à sra. Rodin. — Temos tempo, coração, uma vez ainda, estes noviços não vão tão depressa como nós. Uma vez ainda, que aposto que o cornudo não elevou ainda o seu deus.

Mas tinham de se deixar. Prometem se rever e combinam novos ardis. Gabriel vai ao encontro de Rodin, que celebrou tão bem quanto um bispo.

– Só o *quod aures* me embaraçou um pouco, queria comer, em vez de beber, mas o sacristão me corrigiu – comenta Rodin. – E os cem escudos, padre?

– Peguei-os, filho. O bobo quis resistir, me servi de um forcado que ele tinha em cima da cabeça.

Os dois amigos vão à caça e, na volta, Rodin conta à mulher o serviço que prestou a Gabriel.

– Disse a missa – narrava o néscio rindo de coração –, sim, diabos, disse a missa como um verdadeiro cura, enquanto o nosso amigo media com um forcado os ombros de Renoult. Ele lhe deu suas armas, que digo?, as colocou na sua testa. Ah, querida mãezinha! Como essa história é engraçada e os cornudos me fazem rir! E tu, querida, o que fazia enquanto eu celebrava?

– Ah, meu amigo – responde a funcionária –, parece que o céu nos inspirava. Olha como as coisas celestes nos enchiam um e outro sem que notássemos. Dizias a missa e eu recitava a bela prece com que a Virgem contesta a Gabriel quando esse vem lhe anunciar que vai ficar grávida por intervenção do Espírito Santo. Isso, amigo, seremos salvos sem dúvida, desde que boas ações nos ocupem aos dois ao mesmo tempo.

# A CASTELÃ DE LONGEVILLE
## OU A MULHER VINGADA

No tempo em que os senhores viviam despoticamente em suas terras, nesses gloriosos tempos em que a França tinha na barriga uma porção de soberanos, em vez de trinta mil escravos se arrastando diante de um só, vivia, no centro de suas terras, o sr. de Longeville, dono de um grande feudo perto de Fimes, na Champanha. Tinha com ele uma moreninha ágil, viva, pouco bonita mas disposta e gostando com paixão do amor. A castelã tinha de vinte e cinco a vinte e seis anos e o senhor no máximo trinta. Haviam casado há dez anos e estavam ambos na época de procurar alguma distração aos tédios do matrimônio, tentando se provir na vizinhança com o melhor possível. O burgo ou antes o povoado de Longeville oferecia poucos recursos. Mas uma chacareira de dezoito anos, apetecível e fresca, tinha dado com o segredo de agradar ao senhor, e há dois anos ele se arranjava comodamente. Luisinha era o nome da pomba-rola estimada e vinha todas as noites dormir com o patrão por uma escada escondida, numa das torres perto dos aposentos dele. De manhã, ia embora antes que a sra. ali entrasse, como costumava, para o café da manhã.

A sra. de Longeville nada ignorava da conduta inconveniente do marido, mas, à vontade para se divertir por seu lado, nada dizia. Não há nada mais doce que as mulheres infiéis; têm tanto interesse em esconder os próprios passos que olham os dos outros incomparavelmente menos que as pudicas. Um moleiro das cercanias, Colas, jovem alegre de dezoito a vinte anos, branco como a sua farinha, musculoso como seu burro e bonito como a rosa que dava no seu jardim, cada noite, como Luisinha, entrava num quarto vizinho ao da sra. e ia logo para a cama, quando tudo estava quieto no castelo. Nada de mais sereno que esses dois pares. Se o demônio não se metesse, por certo seriam citados como exemplos em toda a Champanha.

E não ria, leitor, dessa palavra exemplo. Na falta da virtude, o vício decoroso pode servir de exemplo. Não é tão agradável quanto decente pecar sem escandalizar o próximo? E que perigo pode fazer o mal quando não é sabido? Decidam: a conduta mencionada, por irregular que seja, não é preferível ao quadro que os costumes atuais podem nos oferecer? Não ficam com o sr. de Longeville, deitado sem alarde nos belos braços de sua chacareira, e sua respeitável esposa nos do belo moleiro de que ninguém conhece a sorte, do que com uma de nossas duquesas parisienses a mudar publicamente de acompanhantes cada mês ou a se entregar aos criados, enquanto o marido torra duzentos mil escudos por ano com uma dessas desprezíveis criaturas que parodiam o luxo, rebaixam o nascimento e a quem o vício corrompe? Sem a discórdia, de que os venenos logo se infiltraram nesses quatro favoritos do amor, nada de mais ameno e sábio, posso dizer, que o arranjinho estabelecido.

Mas o sr. de Longeville tinha, como muitos esposos injustos, a cruel pretensão de ser feliz e não querer que sua mulher o fosse. Imaginava, como as perdizes, que ninguém o via, já que tinha coberta a cabeça. E, ao descobrir o caso da mulher, não gostou, como se seu comportamento não autorizasse o que decidia reprovar.

Da descoberta à vingança vai rápido um espírito ciumento. Resolveu nada dizer e se livrar dos galhos que lhe sombreavam a testa. Dizia-se: ser enganado por um homem de minha posição, ainda vá, mas por um moleiro! Colas, tenha a bondade, por favor, de ir moer noutro moinho, que o da minha mulher não vai mais se abrir à sua semente. E, como o ódio desses pequenos déspotas suseranos era sempre muito cruel, como sempre abusavam do direito de vida e morte que as leis feudais lhe concediam sobre os vassalos, o sr. de Longeville não se resolveu a nada menos que fazer afogar o pobre Colas no fosso cheio d'água em volta do castelo.

– Clodomir – disse um dia a seu cozinheiro –, é preciso que tu e teus rapazes me livrem de um patife que suja a cama da sra.

– Considere feito, sr. – respondeu Clodomir. – Se quiser, o degolamos e servimos recheado como um leitãozinho.

– Não, amigo – disse Longeville. – Basta o pôr num saco com pedras dentro, e nessa indumentária o descer ao fundo do fosso do castelo.

– Assim será.

– Mas é preciso agarrá-lo antes e não o temos.

– Teremos, sr., teremos. Precisa ser muito esperto para se safar da gente. Afirmo que o teremos.

– Virá esta noite às nove – avisa o esposo injuriado. – Passará pelo jardim, chegará às salas baixas, se esconderá na pecinha junto à capela e aí se encolherá até que a sra., julgando que dormi, venha o livrar para conduzir a seu aposento. Convém lhe deixar fazer todas essas manobras, nos contentando em espioná-lo, e, ao se crer seguro, lhe pomos a mão em cima e mandamos beber para moderar seu fogo.

O plano era bem-armado e o pobre Colas ia sem dúvida ser comido pelos peixes, se todo mundo fosse discreto. Mas o barão falou a vários e foi traído. Um jovem auxiliar de cozinha, que gostava muito da patroa e que talvez aspirasse a partilhar com o moleiro um dia seus favores, dando-se mais ao sentimento que tinha por ela que ao ciúme que o alegraria com a desgraça do rival, correu a lhe comunicar o que se tramava. Foi recompensado com um beijo e dois belos escudos de ouro, que para ele valeram menos que o beijo.

A sra. de Longeville, quando ficou só com a servente que ajudava o seu caso, considerou:

– Homem injusto. Faz o que quer, não reclamo, e acha mal que me compense do jejum diário que me faz passar. Ah, não vou aguentar isso, minha amiga, não vou. Olha, Joaninha, és capaz de me ajudar no plano que me ocorre, tanto para salvar Colas como para pilhar o senhor?

– Claro, basta a sra. ordenar que eu farei tudo. É um moço tão valente o pobre Colas! Não há outro rapaz tão disposto, de cor tão boa. Mas sim, sra., sim, vou servi-la. Que é preciso fazer?

– Neste momento, que vás avisar Colas de que venha ao castelo só quando eu o avise e que me empreste a roupa completa que usa quando vem cá. Pegas essa roupa, Joaninha, e vais atrás da Luisinha, a amada do meu traidor. Dirás que te manda o sr., que lhe pede para se vestir com as roupas que levas no avental e que não venha pelo caminho habitual, mas pelo jardim, o pátio, as salas baixas, indo, ao entrar em casa, se esconder na peça ao lado da capela\*, até que o sr. venha buscá-la.

---

\* Toda essa situação ainda existe no castelo de Longeville. (N.A.)

Ela vai indagar a razão dessas mudanças e lhe dirás que é por causa do ciúme da sra., que soube de tudo e mandou espioná-la no caminho que costuma tomar. Se se assustar, acalma-a, dá um presentinho que vou ver, sobretudo lhe recomenda que não falte, pois esta noite o sr. tem coisas da mais alta relevância a lhe dizer sobre o que se seguiu à cena de ciúmes da sra.

Joaninha vai e preenche bem as duas incumbências. Às nove da noite é a infeliz Luisinha, sob a indumentária de Colas, que se acha na sala em que vão surpreender o amante da sra.

– Vamos – diz Longeville aos seus que, como ele, não cessaram de estar à espreita –, vamos, viram como eu, não é?

– Sim, chefe, como não? Belo rapaz.

– Abram ligeiro a porta, ponham-lhe as mordaças para o impedir de gritar, o metam neste saco e o afoguem sem mais processo.

Tudo é feito pelo melhor. Amordaçam a tal ponto a cativa que não se pode fazer reconhecer. Enfiam-na no saco com grandes pedras no fundo e, pela janela da própria sala onde foi agarrada, a jogam no meio dos fossos. Feito o que, todos se retiram e o sr. de Longeville ganha seu aposento, apressado para receber sua donzela, que não deve tardar pelo seu cálculo, e ele está longe de imaginar tão frescamente colocada. Passa-se metade da noite e ninguém aparece. É lua cheia e nosso amoroso, inquieto, decide ir ver por si, na casa de sua bela, o que a faz demorar; sai. Durante isso, a sra. de Longeville, que não perdia nenhum de seus movimentos, vem se pôr na cama do marido. O sr. é informado de que Luísa saiu à hora costumeira e sem dúvida se acha no castelo.

Nada lhe contam do disfarce porque ela não falou a respeito a ninguém e saiu sem que a vissem. O patrão volta, e a vela, que tinha deixado acesa no quarto, tendo se apagado, vai pegar perto da cama um isqueiro para a acender. Aproximando-se, ouve uma respiração. Não duvida de que é a querida Luisinha que tinha vindo quando foi atrás dela e que se deitou, impaciente por não encontrá-lo. Não hesita e se mete entre os lençóis, afagando a mulher com palavras de amor e as ternas expressões que usava com sua querida.

– Como me fizeste esperar, doce querida... Onde estavas, Luisinha?

– Fingindo – irrompe a sra. de Longeville, destapando uma lanterna que tinha escondida. – Não posso mais ter dúvidas sobre a tua conduta. Olha no rosto a tua esposa e não a puta a quem dás o que pertence apenas a mim.

– Sra. – replica o marido sem se confundir –, penso que sou dono de meus atos quando falta comigo tão essencialmente.

– Faltar com o sr.? E em quê, por obséquio?

– Ignora o seu caso com Colas, um dos mais baixos camponeses das minhas terras?

– Eu? – se indigna com arrogância a castelã. – Eu, me rebaixar a esse ponto? É um visionário. Nunca ocorreu nada do que alega e o desafio a provar.

– No momento isso é difícil, sra., porque acabo de mandar lançar n'água esse celerado que me injuriava, e não tornará a vê-lo na vida.

– Se mandou jogar n'água – prossegue ela com mais provocação – essa pobre pessoa por tais suspeitas, é por certo culpado de uma grande injustiça. Mas se, como diz, ele foi assim castigado apenas por vir ao castelo, receio que o sr. se tenha enganado, pois nunca pôs cá os pés.

– A sra. me leva a crer que estou louco...

– Vamos esclarecer isso, sr., vamos, nada é mais simples. Mande o sr. mesmo a Joana procurar esse campônio de que está tão errada e ridiculamente com ciúmes, e veremos o que sucede.

O barão consente, Joana vai e regressa com Colas bem-arrumado. O sr. de Longeville espreme os olhos ao vê-lo, e manda que todos se levantem em seguida para irem rápido ver quem é, nesse caso, o indivíduo que fez lançar no fosso. Voam, mas trazem apenas um cadáver, o da pobre Luísa, que expõem aos olhos do amante.

– Ó céus – brada o barão –, mão desconhecida age em tudo isso, mas é a Providência quem a guia, não me oporei a seus golpes. Que seja a sra. ou quem for que tenha causado esse equívoco desisto de saber. Está livre da que lhe causava preocupações, me desembarace daquele que as causa a mim e que Colas deixe neste momento a região. Consente?

– Faço mais, me junto ao sr. para lhe ordenar isso, e que a paz renasça entre nós, que o amor e a estima retomem seus direitos e que nada os perturbe no futuro.

Colas foi embora e não reapareceu. Enterraram Luisinha e desde então nunca se viu em toda Champanha cônjuges mais unidos que os Longeville.

## Os gatunos

Sempre houve em Paris uma espécie de homens, espalhada pelo mundo, cuja profissão é viver à custa dos outros. Espertas são as manobras desses intrigantes, não há nada que não inventem, nada que não armem para levar, de um modo ou outro, a vítima às suas redes. Enquanto o corpo dessa tropa trabalha na cidade, destacamentos seus voejam pelas periferias, se esparsam pelos campos e viajam sobretudo em conduções coletivas. Feita essa triste exposição, vamos à novata que logo lastimaremos em ver em tão malvadas mãos.

Rosinha de Flarville, filha de um discreto burguês de Ruão, à força de pedir, tinha obtido do pai licença para passar o carnaval em Paris, com um certo sr. Mateus, seu tio, rico usurário à rua de Quincampoix. Rosinha, ainda que algo cândida, tinha dezoito anos feitos, um rosto sedutor, loura, de bonitos olhos azuis, pele que é uma maravilha, e um pescoço, uma garganta sob um véu que anunciava a um conhecedor que o que a moça tinha a cobrir valia pelo menos o que mostrava.

A despedida não se deu sem lágrimas. Era a primeira noite que o bom pai se afastava da filha. Ela era comedida, estava em estado de se conduzir por si mesma, ficaria na casa de um parente bom, na Páscoa estaria de volta, tudo isso eram motivos de consolo. Mas Rosinha era tão bonita e tão confiante e ia a uma cidade perigosa para o belo sexo da província, nela aportando com tanta inocência e virtude...

A bela parte, munida de tudo o que é preciso para brilhar em Paris no seu restrito ambiente, fora uma quantidade de presentes e joias para o tio Mateus e as primas, filhas dele. Recomendam Rosinha ao cocheiro da viatura, o pai a beija, cada um chora por seu lado, a carruagem se afasta. Era preciso que a amizade dos filhos fosse tão terna como a de seus pais. A natureza permitiu que os primeiros encontrassem nos prazeres com que se inebriam modos de se esquecer que os afastam involuntariamente dos autores de seus dias e lhes esfriam no coração os sentimentos, tão mais ardentes e sinceros na alma dos pais e das mães. Essa fatal indiferença torna os filhos insensíveis aos antigos prazeres da primeira idade e os distancia dos objetos sagrados que os faziam viver.

Dentro dessa lei, Rosinha secou logo as lágrimas, toda preocupada com a alegria que antecipava de ver Paris. Não tardou em travar conhecimento com as pessoas que para lá se dirigiam e conheciam melhor que ela a cidade. Sua primeira questão era saber onde ficava a rua Quincampoix.

– No meu quarteirão, srta. – responde um tipo divertido, de boa apresentação, que, por causa de uma espécie de uniforme e da preponderância do tom, dava os dados no grupo viajante.

– Como, mora na rua Quincampoix?

– Há mais de vinte anos.

– Então conhece bem o meu tio Mateus.

– O seu Mateus é seu tio, srta.?

– Claro, sr., sou sobrinha dele. Vou visitá-lo, passar o inverno com ele e minhas duas primas, Adelaide e Sofia, que certamente conhece também.

– Oh, se conheço, e como não? Seu Mateus é o meu vizinho pegado e, entre parênteses, de uma de suas filhas estou enamorado há cinco anos.

– Ama uma de minhas primas? Aposto que é Sofia.

– Não, de fato, é Adelaide, pessoa fascinante.

– É o que dizem em Ruão, pois eu nunca as vi. É a primeira vez que vou à capital.

– Ah, não conhece suas primas, e decerto nem o seu Mateus.

– Não conheço. Tio Mateus saiu de Ruão no ano em que minha mãe me teve e nunca mais voltou.

– É um homem muito bom, que vai ficar alegre em recebê-la.

– Uma bela casa, não é?

– Sim, mas aluga uma parte e só ocupa o primeiro apartamento.

– E o térreo.

– De acordo, e também algum quarto em cima, ao que penso.

– Oh, é um homem rico, mas não o envergonharei. Olhe, cem belos luíses duplos que meu pai me deu para me vestir na moda e não encabular as minhas primas. Também lhes levo presentes, pegue, olhe estes brincos, valem pelo menos cem luíses, e são para Adelaide, a sua amada. Este colar, do mesmo valor, é para Sofia. E não é tudo. Esta caixa de ouro com o retrato da minha mãe foi estimada ainda ontem em mais de cinquenta luíses, e é para o tio Mateus. Estou certa de que em roupas, pratas e joias levo comigo mais de quinhentos luíses.

– Não precisava de tudo isso para ser bem recebida pelo seu tio – diz o intrujão fitando a bela e seus luíses. – Ele dará mais importância à alegria de a ver que a todas essas bagatelas.

– Não importa, não importa, meu pai é homem de capricho e não deseja que nos desprezem porque moramos na província.

– Na verdade, se tem tanto prazer com a srta. que bem queria que não deixasse mais Paris e que o seu Mateus lhe desse o filho em matrimônio.

– O filho? Ele não tem.

– O sobrinho, quero dizer, este garotão...

– Quê, Carlos?

– Justamente, o Carlos, o melhor dos meus amigos.

– Quê? Também conhece o Carlos?

– Se o conheço, srta.! É apenas para ir vê-lo que faço a viagem a Paris.

– Engana-se, sr., ele morreu. Eu estava destinada a ele, na sua infância. Não o conhecia, mas me diziam que era um amor. A mania de servir deu azar. Mandaram ele para a guerra e foi morto.

– Bem, bem, srta., vejo que seus desejos se realizarão. Esteja certa, querem surpreendê-la. Carlos não morreu, como se acreditava. Há seis meses que voltou e me escreveu que vai se casar. De outra parte, a enviam a Paris, não duvide que seja uma surpresa. Em quatro dias será a mulher de Carlos, e o que leva consigo são presentes de núpcias.

– Olhe que suas conjeturas são verossímeis. Ligando o que me diz a certas frases de meu pai que agora lembro, vejo que não há nada de tão possível como o que prevê. Ah, vou me casar em Paris. Serei uma senhora da capital, que beleza! Mas, se for assim, é preciso que pelo menos case com Adelaide. Vou insistir tanto que ela vai concordar e haverá dois casamentos.

Tais eram na estrada as conversas da doce e boa Rosinha com o malandro que a sondava, contando com tirar bom partido da novata que se entregava com tanta candura. Que presa! Quinhentos luíses e uma bonita moça, a qual dos sentidos não fala um tal achado? Já perto de Pontoise, diz o vivo:

– Tenho uma ideia, vou pegar aqui um cavalo de aluguel para chegar na frente em casa do seu tio e anunciá-la. Eles irão recebê-la e não ficará sozinha ao chegar na grande cidade.

Aceita a ideia, o galã monta a cavalo para ir prevenir os atores da sua comédia. Ele os instrui e dois carros de aluguel levam a São Diniz a pretensa família. O malandro faz as apresentações e Rosinha conhece o tio, Carlos chegando do exército e as duas encantadoras primas. Beijam-se, a normanda entrega as cartas que trouxe, o bom Mateus verte lágrimas de alegria ao saber que seu irmão goza de boa saúde. Não esperam para receber os presentes, e Rosinha, se apressando em mostrar a magnanimidade do pai, os distribui em seguida, novos abraços, mais agradecimentos, e o grupo se encaminha para o quartel-general de nossos gatunos, que a moça pensa ser a rua Quincampoix. Chega-se a uma casa de boa aparência, levam a mala da srta. Flarville para o seu quarto e só se pensa em ir para a mesa. Têm aí o cuidado de fazer a hóspede beber até que se turve seu entendimento. Acostumada a tomar apenas sidra, a convencem de que o vinho é suco das maçãs de Paris, e a fácil Rosinha faz o que querem, acaba perdendo a razão. Fora de defesa, a põem nua como a mão e, embora não tenha no corpo outra coisa que os atrativos que a natureza lhe prodigou, não desejando dispensar nem esses, os gatunos os exploram durante toda a noite.

Contentes, enfim, de ter tido da pobre mulher tudo o que podiam ter lhe tirado, animados por lhe arrebatarem a razão, a honra e o dinheiro, jogam-lhe um trapo em cima e, antes que o dia surja, vão abandoná-la nos degraus da igreja de São Roque.

A infeliz, abrindo os olhos quando o sol começa a luzir, chocada com o horrível estado em que se vê, se apalpa e pergunta a si mesma se está morta ou viva. Gaiatos se aproximam e mexem com ela. Enfim, a seu pedido, é levada a um comissário, a quem conta a sua triste história. Suplica que escrevam a seu pai e lhe deem, enquanto aguarda, asilo em alguma parte. O comissário sente tanta candura e sinceridade nas respostas da desventurada criatura que a recebe em sua casa. O bom burguês normando chega e, depois de muita lágrima de um e outro, traz a querida filha para casa, que dizem nunca mais teve o desejo de rever a civilizada capital da França.

*Leitor, alegria, salvação e saúde diziam outrora nossos ancestrais ao acabar seu conto. Por que recear imitar sua polidez e franqueza? Direi, pois, como eles: leitor, bem-estar, riqueza e prazer. Se minha conversa te deu algo assim, me reserva um bom lugar na estante. Se te enfarei, vai desculpando e me joga na lareira.*

# Coleção L&PM POCKET (LANÇAMENTOS MAIS RECENTES)

390. **200 receitas inéditas do Anonymous Gourmet** – J. A. Pinheiro Machado
391. **Guia prático do Português correto – vol.2** – Cláudio Moreno
392. **Breviário das terras do Brasil** – Assis Brasil
393. **Cantos Cerimoniais** – Pablo Neruda
394. **Jardim de Inverno** – Pablo Neruda
395. **Antonio e Cleópatra** – William Shakespeare
396. **Tróia** – Cláudio Moreno
397. **Meu tio matou um cara** – Jorge Furtado
398. **O anatomista** – Federico Andahazi
399. **As viagens de Gulliver** – Jonathan Swift
400. **Dom Quixote** – (v. 1) – Miguel de Cervantes
401. **Dom Quixote** – (v. 2) – Miguel de Cervantes
402. **Sozinho no Pólo Norte** – Thomaz Brandolin
403. **Matadouro 5** – Kurt Vonnegut
404. **Delta de Vênus** – Anaïs Nin
405. **O melhor de Hagar 2** – Dik Browne
406. **É grave Doutor?** – Nani
407. **Orai pornô** – Nani
408. (11). **Maigret em Nova York** – Simenon
409. (12). **O assassino sem rosto** – Simenon
410. (13). **O mistério das jóias roubadas** – Simenon
411. **A irmãzinha** – Raymond Chandler
412. **Três contos** – Gustave Flaubert
413. **De ratos e homens** – John Steinbeck
414. **Lazarilho de Tormes** – Anônimo do séc. XVI
415. **Triângulo das águas** – Caio Fernando Abreu
416. **100 receitas de carnes** – Sílvio Lancellotti
417. **Histórias de robôs: vol. 1** – org. Isaac Asimov
418. **Histórias de robôs: vol. 2** – org. Isaac Asimov
419. **Histórias de robôs: vol. 3** – org. Isaac Asimov
420. **O país dos centauros** – Tabajara Ruas
421. **A república de Anita** – Tabajara Ruas
422. **A carga dos lanceiros** – Tabajara Ruas
423. **Um amigo de Kafka** – Isaac Singer
424. **As alegres matronas de Windsor** – Shakespeare
425. **Amor e exílio** – Isaac Bashevis Singer
426. **Use & abuse do seu signo** – Marília Fiorillo e Marylou Simonsen
427. **Pigmaleão** – Bernard Shaw
428. **As fenícias** – Eurípides
429. **Everest** – Thomaz Brandolin
430. **A arte de furtar** – Anônimo do séc. XVI
431. **Billy Bud** – Herman Melville
432. **A rosa separada** – Pablo Neruda
433. **Elegia** – Pablo Neruda
434. **A garota de Cassidy** – David Goodis
435. **Como fazer a guerra: máximas de Napoleão** – Balzac
436. **Poemas escolhidos** – Emily Dickinson
437. **Gracias por el fuego** – Mario Benedetti
438. **O sofá** – Crébillon Fils
439. **O "Martín Fierro"** – Jorge Luis Borges
440. **Trabalhos de amor perdidos** – W. Shakespeare
441. **O melhor de Hagar 3** – Dik Browne
442. **Os Maias (volume1)** – Eça de Queiroz
443. **Os Maias (volume2)** – Eça de Queiroz
444. **Anti-Justine** – Restif de La Bretonne
445. **Juventude** – Joseph Conrad
446. **Contos** – Eça de Queiroz
447. **Janela para a morte** – Raymond Chandler
448. **Um amor de Swann** – Marcel Proust
449. **À paz perpétua** – Immanuel Kant
450. **A conquista do México** – Hernan Cortez
451. **Defeitos escolhidos e 2000** – Pablo Neruda
452. **O casamento do céu e do inferno** – William Blake
453. **A primeira viagem ao redor do mundo** – Antonio Pigafetta
454. (14). **Uma sombra na janela** – Simenon
455. (15). **A noite da encruzilhada** – Simenon
456. (16). **A velha senhora** – Simenon
457. **Sartre** – Annie Cohen-Solal
458. **Discurso do método** – René Descartes
459. **Garfield em grande forma (1)** – Jim Davis
460. **Garfield está de dieta (2)** – Jim Davis
461. **O livro das feras** – Patricia Highsmith
462. **Viajante solitário** – Jack Kerouac
463. **Auto da barca do inferno** – Gil Vicente
464. **O livro vermelho dos pensamentos de Millôr** – Millôr Fernandes
465. **O livro dos abraços** – Eduardo Galeano
466. **Voltaremos!** – José Antonio Pinheiro Machado
467. **Rango** – Edgar Vasques
468. (8). **Dieta mediterrânea** – Dr. Fernando Lucchese e José Antonio Pinheiro Machado
469. **Radicci 5** – Iotti
470. **Pequenos pássaros** – Anaïs Nin
471. **Guia prático do Português correto – vol.3** – Cláudio Moreno
472. **Atire no pianista** – David Goodis
473. **Antologia Poética** – García Lorca
474. **Alexandre e César** – Plutarco
475. **Uma espiã na casa do amor** – Anaïs Nin
476. **A gorda do Tiki Bar** – Dalton Trevisan
477. **Garfield um gato de peso (3)** – Jim Davis
478. **Canibais** – David Coimbra
479. **A arte de escrever** – Arthur Schopenhauer
480. **Pinóquio** – Carlo Collodi
481. **Misto-quente** – Bukowski
482. **A lua na sarjeta** – David Goodis
483. **O melhor do Recruta Zero (1)** – Mort Walker
484. **Aline: TPM – tensão pré-monstrual (2)** – Adão Iturrusgarai
485. **Sermões do Padre Antonio Vieira**
486. **Garfield numa boa (4)** – Jim Davis
487. **Mensagem** – Fernando Pessoa
488. **Vendeta** *seguido de* **A paz conjugal** – Balzac
489. **Poemas de Alberto Caeiro** – Fernando Pessoa
490. **Ferragus** – Honoré de Balzac
491. **A duqueza de Langeais** – Honoré de Balzac
492. **A menina dos olhos de ouro** – Honoré de Balzac
493. **O lírio do vale** – Honoré de Balzac
494. (17). **A barcaça da morte** – Simenon
495. (18). **As testemunhas rebeldes** – Simenon
496. (19). **Um engano de Maigret** – Simenon
497. (1). **A noite das bruxas** – Agatha Christie
498. (2). **Um passe de mágica** – Agatha Christie
499. (3). **Nêmesis** – Agatha Christie
500. **Esboço para uma teoria das emoções** – Sartre
501. **Renda básica de cidadania** – Eduardo Suplicy

502(1).**Pílulas para viver melhor** – Dr. Lucchese
503(2).**Pílulas para prolongar a juventude** – Dr. Lucchese
504(3).**Desembarcando o diabetes** – Dr. Lucchese
505(4).**Desembarcando o sedentarismo** – Dr. Fernando Lucchese e Cláudio Castro
506(5).**Desembarcando a hipertensão** – Dr. Lucchese
507(6).**Desembarcando o colesterol** – Dr. Fernando Lucchese e Fernanda Lucchese
508.**Estudos de mulher** – Balzac
509.**O terceiro tira** – Flann O'Brien
510.**100 receitas de aves e ovos** – J. A. P. Machado
511.**Garfield em toneladas de diversão** (5) – Jim Davis
512.**Trem-bala** – Martha Medeiros
513.**Os cães ladram** – Truman Capote
514.**O Kama Sutra de Vatsyayana**
515.**O crime do Padre Amaro** – Eça de Queiroz
516.**Odes de Ricardo Reis** – Fernando Pessoa
517.**O inverno da nossa desesperança** – Steinbeck
518.**Piratas do Tietê (1)** – Laerte
519.**Rê Bordosa: do começo ao fim** – Angeli
520.**O Harlem é escuro** – Chester Himes
521.**Café-da-manhã dos campeões** – Kurt Vonnegut
522.**Eugénie Grandet** – Balzac
523.**O último magnata** – F. Scott Fitzgerald
524.**Carol** – Patricia Highsmith
525.**100 receitas de patisserie** – Sílvio Lancellotti
526.**O fator humano** – Graham Greene
527.**Tristessa** – Jack Kerouac
528.**O diamante do tamanho do Ritz** – F. Scott Fitzgerald
529.**As melhores histórias de Sherlock Holmes** – Arthur Conan Doyle
530.**Cartas a um jovem poeta** – Rilke
531(20).**Memórias de Maigret** – Simenon
532(4).**O misterioso sr. Quin** – Agatha Christie
533.**Os analectos** – Confúcio
534(21).**Maigret e os homens de bem** – Simenon
535(22).**O medo de Maigret** – Simenon
536.**Ascensão e queda de César Birotteau** – Balzac
537.**Sexta-feira negra** – David Goodis
538.**Ora bolas – O humor de Mario Quintana** – Juarez Fonseca
539.**Longe daqui aqui mesmo** – Antonio Bivar
540(5).**É fácil matar** – Agatha Christie
541.**O pai Goriot** – Balzac
542.**Brasil, um país do futuro** – Stefan Zweig
543.**O processo** – Kafka
544.**O melhor de Hagar 4** – Dik Browne
545(6).**Por que não pediram a Evans?** – Agatha Christie
546.**Fanny Hill** – John Cleland
547.**O gato por dentro** – William S. Burroughs
548.**Sobre a brevidade da vida** – Sêneca
549.**Geraldão (1)** – Glauco
550.**Piratas do Tietê (2)** – Laerte
551.**Pagando o pato** – Ciça
552.**Garfield de bom humor (6)** – Jim Davis
553.**Conhece o Mário?** vol.1 – Santiago
554.**Radicci 6** – Iotti
555.**Os subterrâneos** – Jack Kerouac
556(1).**Balzac** – François Taillandier
557(2).**Modigliani** – Christian Parisot
558(3).**Kafka** – Gérard-Georges Lemaire
559(4).**Júlio César** – Joël Schmidt
560.**Receitas da família** – J. A. Pinheiro Machado
561.**Boas maneiras à mesa** – Celia Ribeiro
562(9).**Filhos sadios, pais felizes** – R. Pagnoncelli
563(10).**Fatos & mitos** – Dr. Fernando Lucchese
564.**Ménage à trois** – Paula Taitelbaum
565.**Mulheres!** – David Coimbra
566.**Poemas de Álvaro de Campos** – Fernando Pessoa
567.**Medo e outras histórias** – Stefan Zweig
568.**Snoopy e sua turma (1)** – Schulz
569.**Piadas para sempre (1)** – Visconde da Casa Verde
570.**O alvo móvel** – Ross Macdonald
571.**O melhor do Recruta Zero (2)** – Mort Walker
572.**Um sonho americano** – Norman Mailer
573.**Os broncos também amam** – Angeli
574.**Crônica de um amor louco** – Bukowski
575(5).**Freud** – René Major e Chantal Talagrand
576(6).**Picasso** – Gilles Plazy
577(7).**Gandhi** – Christine Jordis
578.**A tumba** – H. P. Lovecraft
579.**O príncipe e o mendigo** – Mark Twain
580.**Garfield, um charme de gato (7)** – Jim Davis
581.**Ilusões perdidas** – Balzac
582.**Esplendores e misérias das cortesãs** – Balzac
583.**Walter Ego** – Angeli
584.**Striptias (1)** – Laerte
585.**Fagundes: um puxa-saco de mão cheia** – Laerte
586.**Depois do último trem** – Josué Guimarães
587.**Ricardo III** – Shakespeare
588.**Dona Anja** – Josué Guimarães
589.**24 horas na vida de uma mulher** – Stefan Zweig
590.**O terceiro homem** – Graham Greene
591.**Mulher no escuro** – Dashiell Hammett
592.**No que acredito** – Bertrand Russell
593.**Odisséia (1): Telemaquia** – Homero
594.**O cavalo cego** – Josué Guimarães
595.**Henrique V** – Shakespeare
596.**Fabuloso geral do delírio cotidiano** – Bukowski
597.**Tiros na noite 1: A mulher do bandido** – Dashiell Hammett
598.**Snoopy em Feliz Dia dos Namorados! (2)** – Schulz
599.**Mas não se matam cavalos?** – Horace McCoy
600.**Crime e castigo** – Dostoiévski
601(7).**Mistério no Caribe** – Agatha Christie
602.**Odisséia (2): Regresso** – Homero
603.**Piadas para sempre (2)** – Visconde da Casa Verde
604.**À sombra do vulcão** – Malcolm Lowry
605(8).**Kerouac** – Yves Buin
606.**E agora são cinzas** – Angeli
607.**As mil e uma noites** – Paulo Caruso
608.**Um assassino entre nós** – Ruth Rendell
609.**Crack-up** – F. Scott Fitzgerald
610.**Do amor** – Stendhal
611.**Cartas do Yage** – William Burroughs e Allen Ginsberg
612.**Striptiras (2)** – Laerte
613.**Henry & June** – Anaïs Nin
614.**A piscina mortal** – Ross Macdonald

615. **Geraldão (2)** – Glauco
616. **Tempo de delicadeza** – A. R. de Sant'Anna
617. **Tiros na noite 2: Medo de tiro** – Dashiell Hammett
618. **Snoopy em Assim é a vida, Charlie Brown! (3)** – Schulz
619. **1954 – Um tiro no coração** – Hélio Silva
620. **Sobre a inspiração poética (Íon)** e ... – Platão
621. **Garfield e seus amigos (8)** – Jim Davis
622. **Odisséia (3): Ítaca** – Homero
623. **A louca matança** – Chester Himes
624. **Factótum** – Bukowski
625. **Guerra e Paz: volume 1** – Tolstói
626. **Guerra e Paz: volume 2** – Tolstói
627. **Guerra e Paz: volume 3** – Tolstói
628. **Guerra e Paz: volume 4** – Tolstói
629. (9).**Shakespeare** – Claude Mourthé
630. **Bem está o que bem acaba** – Shakespeare
631. **O contrato social** – Rousseau
632. **Geração Beat** – Jack Kerouac
633. **Snoopy: É Natal! (4)** – Charles Schulz
634. (8).**Testemunha da acusação** – Agatha Christie
635. **Um elefante no caos** – Millôr Fernandes
636. **Guia de leitura (100 autores que você precisa ler)** – Organização de Léa Masina
637. **Pistoleiros também mandam flores** – David Coimbra
638. **O prazer das palavras** – vol. 1 – Cláudio Moreno
639. **O prazer das palavras** – vol. 2 – Cláudio Moreno
640. **Novíssimo testamento: com Deus e o diabo, a dupla da criação** – Iotti
641. **Literatura Brasileira: modos de usar** – Luís Augusto Fischer
642. **Dicionário de Porto-Alegrês** – Luís A. Fischer
643. **Clô Dias & Noites** – Sérgio Jockymann
644. **Memorial de Isla Negra** – Pablo Neruda
645. **Um homem extraordinário e outras histórias** – Tchékhov
646. **Ana sem terra** – Alcy Cheuiche
647. **Adultérios** – Woody Allen
648. **Para sempre ou nunca mais** – R. Chandler
649. **Nosso homem em Havana** – Graham Greene
650. **Dicionário Caldas Aulete de Bolso**
651. **Snoopy: Posso fazer uma pergunta, professora? (5)** – Charles Schulz
652. (10).**Luís XVI** – Bernard Vincent
653. **O mercador de Veneza** – Shakespeare
654. **Cancioneiro** – Fernando Pessoa
655. **Non-Stop** – Martha Medeiros
656. **Carpinteiros, levantem bem alto a cumeeira & Seymour, uma apresentação** – J.D.Salinger
657. **Ensaios céticos** – Bertrand Russell
658. **O melhor de Hagar 5** – Dik e Chris Browne
659. **Primeiro amor** – Ivan Turguêniev
660. **A trégua** – Mario Benedetti
661. **Um parque de diversões da cabeça** – Lawrence Ferlinghetti
662. **Aprendendo a viver** – Sêneca
663. **Garfield, um gato em apuros (9)** – Jim Davis
664. **Dilbert (1)** – Scott Adams
665. **Dicionário de dificuldades** – Domingos Paschoal Cegalla
666. **A imaginação** – Jean-Paul Sartre
667. **O ladrão e os cães** – Naguib Mahfuz
668. **Gramática do português contemporâneo** – Celso Cunha
669. **A volta do parafuso** *seguido de* **Daisy Miller** – Henry James
670. **Notas do subsolo** – Dostoiévski
671. **Abobrinhas da Brasilônia** – Glauco
672. **Geraldão (3)** – Glauco
673. **Piadas para sempre (3)** – Visconde da Casa Verde
674. **Duas viagens ao Brasil** – Hans Staden
675. **Bandeira de bolso** – Manuel Bandeira
676. **A arte da guerra** – Maquiavel
677. **Além do bem e do mal** – Nietzsche
678. **O coronel Chabert** *seguido de* **A mulher abandonada** – Balzac
679. **O sorriso de marfim** – Ross Macdonald
680. **100 receitas de pescados** – Sílvio Lancellotti
681. **O juiz e seu carrasco** – Friedrich Dürrenmatt
682. **Noites brancas** – Dostoiévski
683. **Quadras ao gosto popular** – Fernando Pessoa
684. **Romanceiro da Inconfidência** – Cecília Meireles
685. **Kaos** – Millôr Fernandes
686. **A pele de onagro** – Balzac
687. **As ligações perigosas** – Choderlos de Laclos
688. **Dicionário de matemática** – Luiz Fernandes Cardoso
689. **Os Lusíadas** – Luís Vaz de Camões
690. (11).**Átila** – Éric Deschodt
691. **Um jeito tranqüilo de matar** – Chester Himes
692. **A felicidade conjugal** *seguido de* **O diabo** – Tolstói
693. **Viagem de um naturalista ao redor do mundo** – vol. 1 – Charles Darwin
694. **Viagem de um naturalista ao redor do mundo** – vol. 2 – Charles Darwin
695. **Memórias da casa dos mortos** – Dostoiévski
696. **A Celestina** – Fernando de Rojas
697. **Snoopy: Como você é azarado, Charlie Brown! (6)** – Charles Schulz
698. **Dez (quase) amores** – Claudia Tajes
699. (9).**Poirot sempre espera** – Agatha Christie
700. **Cecília de bolso** – Cecília Meireles
701. **Apologia de Sócrates** *precedido de* **Êutifron** e *seguido de* **Críton** – Platão
702. **Wood & Stock** – Angeli
703. **Striptiras (3)** – Laerte
704. **Discurso sobre a origem e os fundamentos da desigualdade entre os homens** – Rousseau
705. **Os duelistas** – Joseph Conrad
706. **Dilbert (2)** – Scott Adams
707. **Viver e escrever** (vol. 1) – Edla van Steen
708. **Viver e escrever** (vol. 2) – Edla van Steen
709. **Viver e escrever** (vol. 3) – Edla van Steen
710. (10).**A teia da aranha** – Agatha Christie
711. **O banquete** – Platão
712. **Os belos e malditos** – F. Scott Fitzgerald
713. **Libelo contra a arte moderna** – Salvador Dalí
714. **Akropolis** – Valerio Massimo Manfredi
715. **Devoradores de mortos** – Michael Crichton
716. **Sob o sol da Toscana** – Frances Mayes
717. **Batom na cueca** – Nani
718. **Vida dura** – Claudia Tajes
719. **Carne trêmula** – Ruth Rendell
720. **Cris, a fera** – David Coimbra

721. **O anticristo** – Nietzsche
722. **Como um romance** – Daniel Pennac
723. **Emboscada no Forte Bragg** – Tom Wolfe
724. **Assédio sexual** – Michael Crichton
725. **O espírito do Zen** – Alan W.Watts
726. **Um bonde chamado desejo** – Tennessee Williams
727. **Como gostais** *seguido de* **Conto de inverno** – Shakespeare
728. **Tratado sobre a tolerância** – Voltaire
729. **Snoopy: Doces ou travessuras? (7)** – Charles Schulz
730. **Cardápios do Anonymus Gourmet** – J.A. Pinheiro Machado
731. **100 receitas com lata** – J.A. Pinheiro Machado
732. **Conhece o Mário?** vol.2 – Santiago
733. **Dilbert (3)** – Scott Adams
734. **História de um louco amor** *seguido de* **Passado amor** – Horacio Quiroga
735. (11). **Sexo: muito prazer** – Laura Meyer da Silva
736. (12). **Para entender o adolescente** – Dr. Ronald Pagnoncelli
737. (13). **Desembarcando a tristeza** – Dr. Fernando Lucchese
738. **Poirot e o mistério da arca espanhola & outras histórias** – Agatha Christie
739. **A última legião** – Valerio Massimo Manfredi
740. **As virgens suicidas** – Jeffrey Eugenides
741. **Sol nascente** – Michael Crichton
742. **Duzentos ladrões** – Dalton Trevisan
743. **Os devaneios do caminhante solitário** – Rousseau
744. **Garfield, o rei da preguiça (10)** – Jim Davis
745. **Os magnatas** – Charles R. Morris
746. **Pulp** – Charles Bukowski
747. **Enquanto agonizo** – William Faulkner
748. **Aline: viciada em sexo (3)** – Adão Iturrusgarai
749. **A dama do cachorrinho** – Anton Tchékhov
750. **Tito Andrônico** – Shakespeare
751. **Antologia poética** – Anna Akhmátova
752. **O melhor de Hagar 6** – Dik e Chris Browne
753. (12). **Michelangelo** – Nadine Sautel
754. **Dilbert (4)** – Scott Adams
755. **O jardim das cerejeiras** *seguido de* **Tio Vânia** – Tchékhov
756. **Geração Beat** – Claudio Willer
757. **Santos Dumont** – Alcy Cheuiche
758. **Budismo** – Claude B. Levenson
759. **Cleópatra** – Christian-Georges Schwentzel
760. **Revolução Francesa** – Frédéric Bluche, Stéphane Rials e Jean Tulard
761. **A crise de 1929** – Bernard Gazier
762. **Sigmund Freud** – Edson Sousa e Paulo Endo
763. **Império Romano** – Patrick Le Roux
764. **Cruzadas** – Cécile Morrisson
765. **O mistério do Trem Azul** – Agatha Christie
766. **Os escrúpulos de Maigret** – Simenon
767. **Maigret se diverte** – Simenon
768. **Senso comum** – Thomas Paine
769. **O parque dos dinossauros** – Michael Crichton
770. **Trilogia da paixão** – Goethe
771. **A simples arte de matar** (vol.1) – R. Chandler
772. **A simples arte de matar** (vol.2) – R. Chandler
773. **Snoopy: No mundo da lua! (8)** – Charles Schulz
774. **Os Quatro Grandes** – Agatha Christie
775. **Um brinde de cianureto** – Agatha Christie
776. **Súplicas atendidas** – Truman Capote
777. **Ainda restam aveleiras** – Simenon
778. **Maigret e o ladrão preguiçoso** – Simenon
779. **A viúva imortal** – Millôr Fernandes
780. **Cabala** – Roland Goetschel
781. **Capitalismo** – Claude Jessua
782. **Mitologia grega** – Pierre Grimal
783. **Economia: 100 palavras-chave** – Jean-Paul Betbèze
784. **Marxismo** – Henri Lefebvre
785. **Punição para a inocência** – Agatha Christie
786. **A extravagância do morto** – Agatha Christie
787. (13). **Cézanne** – Bernard Fauconnier
788. **A identidade Bourne** – Robert Ludlum
789. **Da tranquilidade da alma** – Sêneca
790. **Um artista da fome** *seguido de* **Na colônia penal e outras histórias** – Kafka
791. **Histórias de fantasmas** – Charles Dickens
792. **A louca de Maigret** – Simenon
793. **O amigo de infância de Maigret** – Simenon
794. **O revólver de Maigret** – Simenon
795. **A fuga do sr. Monde** – Simenon
796. **O Uraguai** – Basílio da Gama
797. **A mão misteriosa** – Agatha Christie
798. **Testemunha ocular do crime** – Agatha Christie
799. **Crepúsculo dos ídolos** – Friedrich Nietzsche
800. **Maigret e o negociante de vinhos** – Simenon
801. **Maigret e o mendigo** – Simenon
802. **O grande golpe** – Dashiell Hammett
803. **Humor barra pesada** – Nani
804. **Vinho** – Jean-François Gautier
805. **Egito Antigo** – Sophie Desplancques
806. (14). **Baudelaire** – Jean-Baptiste Baronian
807. **Caminho da sabedoria, caminho da paz** – Dalai Lama e Felizitas von Schönborn
808. **Senhor e servo e outras histórias** – Tolstói
809. **Os cadernos de Malte Laurids Brigge** – Rilke
810. **Dilbert (5)** – Scott Adams
811. **Big Sur** – Jack Kerouac
812. **Seguindo a correnteza** – Agatha Christie
813. **O álibi** – Sandra Brown
814. **Montanha-russa** – Martha Medeiros
815. **Coisas da vida** – Martha Medeiros
816. **A cantada infalível** *seguido de* **A mulher do centroavante** – David Coimbra
817. **Maigret e os crimes do cais** – Simenon
818. **Sinal vermelho** – Simenon
819. **Snoopy: Pausa para a soneca (9)** – Charles Schulz
820. **De pernas pro ar** – Eduardo Galeano
821. **Tragédias gregas** – Pascal Thiercy
822. **Existencialismo** – Jacques Colette
823. **Nietzsche** – Jean Granier
824. **Amar ou depender?** – Walter Riso
825. **Darmapada: A doutrina budista em versos**
826. **J'Accuse...! – a verdade em marcha** – Zola
827. **Os crimes ABC** – Agatha Christie
828. **Um gato entre os pombos** – Agatha Christie
829. **Maigret e o sumiço do sr. Charles** – Simenon
830. **Maigret e a morte do jogador** – Simenon
831. **Dicionário de teatro** – Luiz Paulo Vasconcellos
832. **Cartas extraviadas** – Martha Medeiros
833. **A longa viagem de prazer** – J. J. Morosoli
834. **Receitas fáceis** – J. A. Pinheiro Machado
835. (14). **Mais fatos & mitos** – Dr. Fernando Lucchese

836.(15).**Boa viagem!** – Dr. Fernando Lucchese
837.**Aline: Finalmente nua!!!** (4) – Adão Iturrusgarai
838.**Mônica tem uma novidade!** – Mauricio de Sousa
839.**Cebolinha em apuros!** – Mauricio de Sousa
840.**Sócios no crime** – Agatha Christie
841.**Bocas do tempo** – Eduardo Galeano
842.**Orgulho e preconceito** – Jane Austen
843.**Impressionismo** – Dominique Lobstein
844.**Escrita chinesa** – Viviane Alleton
845.**Paris: uma história** – Yvan Combeau
846.(15).**Van Gogh** – David Haziot
847.**Maigret e o corpo sem cabeça** – Simenon
848.**Portal do destino** – Agatha Christie
849.**O futuro de uma ilusão** – Freud
850.**O mal-estar na cultura** – Freud
851.**Maigret e o matador** – Simenon
852.**Maigret e o fantasma** – Simenon
853.**Um crime adormecido** – Agatha Christie
854.**Satori em Paris** – Jack Kerouac
855.**Medo e delírio em Las Vegas** – Hunter Thompson
856.**Um negócio fracassado e outros contos de humor** – Tchékhov
857.**Mônica está de férias!** – Mauricio de Sousa
858.**De quem é esse coelho?** – Mauricio de Sousa
859.**O burgomestre de Furnes** – Simenon
860.**O mistério Sittaford** – Agatha Christie
861.**Manhã transfigurada** – L. A. de Assis Brasil
862.**Alexandre, o Grande** – Pierre Briant
863.**Jesus** – Charles Perrot
864.**Islã** – Paul Balta
865.**Guerra da Secessão** – Farid Ameur
866.**Um rio que vem da Grécia** – Cláudio Moreno
867.**Maigret e os colegas americanos** – Simenon
868.**Assassinato na casa do pastor** – Agatha Christie
869.**Manual do líder** – Napoleão Bonaparte
870.(16).**Billie Holiday** – Sylvia Fol
871.**Bidu arrasando!** – Mauricio de Sousa
872.**Desventuras em família** – Mauricio de Sousa
873.**Liberty Bar** – Simenon
874.**E no final a morte** – Agatha Christie
875.**Guia prático do Português correto – vol. 4** – Cláudio Moreno
876.**Dilbert (6)** – Scott Adams
877.(17).**Leonardo da Vinci** – Sophie Chauveau
878.**Bella Toscana** – Frances Mayes
879.**A arte da ficção** – David Lodge
880.**Striptiras (4)** – Laerte
881.**Skrotinhos** – Angeli
882.**Depois do funeral** – Agatha Christie
883.**Radicci 7** – Iotti
884.**Walden** – H. D. Thoreau
885.**Lincoln** – Allen C. Guelzo
886.**Primeira Guerra Mundial** – Michael Howard
887.**A linha de sombra** – Joseph Conrad
888.**O amor é um cão dos diabos** – Bukowski
889.**Maigret sai em viagem** – Simenon
890.**Despertar: uma vida de Buda** – Jack Kerouac
891.(18).**Albert Einstein** – Laurent Seksik
892.**Hell's Angels** – Hunter Thompson
893.**Ausência na primavera** – Agatha Christie
894.**Dilbert (7)** – Scott Adams
895.**Ao sul de lugar nenhum** – Bukowski
896.**Maquiavel** – Quentin Skinner
897.**Sócrates** – C.C.W. Taylor
898.**A casa do canal** – Simenon
899.**O Natal de Poirot** – Agatha Christie
900.**As veias abertas da América Latina** – Eduardo Galeano
901.**Snoopy: Sempre alerta!** (10) – Charles Schulz
902.**Chico Bento: Plantando confusão** – Mauricio de Sousa
903.**Penadinho: Quem é morto sempre aparece** – Mauricio de Sousa
904.**A vida sexual da mulher feia** – Claudia Tajes
905.**100 segredos de liquidificador** – José Antonio Pinheiro Machado
906.**Sexo muito prazer 2** – Laura Meyer da Silva
907.**Os nascimentos** – Eduardo Galeano
908.**As caras e as máscaras** – Eduardo Galeano
909.**O século do vento** – Eduardo Galeano
910.**Poirot perde uma cliente** – Agatha Christie
911.**Cérebro** – Michael O'Shea
912.**O escaravelho de ouro e outras histórias** – Edgar Allan Poe
913.**Piadas para sempre (4)** – Visconde da Casa Verde
914.**100 receitas de massas light** – Helena Tonetto
915.(19).**Oscar Wilde** – Daniel Salvatore Schiffer
916.**Uma breve história do mundo** – H. G. Wells
917.**A Casa do Penhasco** – Agatha Christie
918.**Maigret e o finado sr. Gallet** – Simenon
919.**John M. Keynes** – Bernard Gazier
920.(20).**Virginia Woolf** – Alexandra Lemasson
921.**Peter e Wendy** *seguido de* **Peter Pan em Kensington Gardens** – J. M. Barrie
922.**Aline: numas de colegial (5)** – Adão Iturrusgarai
923.**Uma dose mortal** – Agatha Christie
924.**Os trabalhos de Hércules** – Agatha Christie
925.**Maigret na escola** – Simenon
926.**Kant** – Roger Scruton
927.**A inocência do Padre Brown** – G.K. Chesterton
928.**Casa Velha** – Machado de Assis
929.**Marcas de nascença** – Nancy Huston
930.**Aulete de bolso**
931.**Hora Zero** – Agatha Christie
932.**Morte na Mesopotâmia** – Agatha Christie
933.**Um crime na Holanda** – Simenon
934.**Nem te conto, João** – Dalton Trevisan
935.**As aventuras de Huckleberry Finn** – Mark Twain
936.(21).**Marilyn Monroe** – Anne Plantagenet
937.**China moderna** – Rana Mitter
938.**Dinossauros** – David Norman
939.**Louca por homem** – Claudia Tajes
940.**Amores de alto risco** – Walter Riso
941.**Jogo de damas** – David Coimbra
942.**Filha é filha** – Agatha Christie
943.**M ou N?** – Agatha Christie
944.**Maigret se defende** – Simenon
945.**Bidu: diversão em dobro!** – Mauricio de Sousa
946.**Fogo** – Anaïs Nin
947.**Rum: diário de um jornalista bêbado** – Hunter Thompson
948.**Persuasão** – Jane Austen
949.**Lágrimas na chuva** – Sergio Faraco
950.**Mulheres** – Bukowski
951.**Um pressentimento funesto** – Agatha Christie
952.**Cartas na mesa** – Agatha Christie
953.**Maigret em Vichy** – Simenon
954.**O lobo do mar** – Jack London

955. **Os gatos** – Patricia Highsmith
956(22). **Jesus** – Christiane Rancé
957. **História da medicina** – William Bynum
958. **O Morro dos Ventos Uivantes** – Emily Brontë
959. **A filosofia na era trágica dos gregos** – Nietzsche
960. **Os treze problemas** – Agatha Christie
961. **A massagista japonesa** – Moacyr Scliar
962. **A taberna dos dois tostões** – Simenon
963. **Humor do miserê** – Nani
964. **Todo o mundo tem dúvida, inclusive você** – Édison de Oliveira
965. **A dama do Bar Nevada** – Sergio Faraco
966. **O Smurf Repórter** – Peyo
967. **O Bebê Smurf** – Peyo
968. **Maigret e os flamengos** – Simenon
969. **O psicopata americano** – Bret Easton Ellis
970. **Ensaios de amor** – Alain de Botton
971. **O grande Gatsby** – F. Scott Fitzgerald
972. **Por que não sou cristão** – Bertrand Russell
973. **A Casa Torta** – Agatha Christie
974. **Encontro com a morte** – Agatha Christie
975(23). **Rimbaud** – Jean-Baptiste Baronian
976. **Cartas na rua** – Bukowski
977. **Memória** – Jonathan K. Foster
978. **A abadia de Northanger** – Jane Austen
979. **As pernas de Úrsula** – Claudia Tajes
980. **Retrato inacabado** – Agatha Christie
981. **Solanin (1)** – Inio Asano
982. **Solanin (2)** – Inio Asano
983. **Aventuras de menino** – Mitsuru Adachi
984(16). **Fatos & mitos sobre sua alimentação** – Dr. Fernando Lucchese
985. **Teoria quântica** – John Polkinghorne
986. **O eterno marido** – Fiódor Dostoiévski
987. **Um safado em Dublin** – J. P. Donleavy
988. **Mirinha** – Dalton Trevisan
989. **Akhenaton e Nefertiti** – Carmen Seganfredo e A. S. Franchini
990. **On the Road – o manuscrito original** – Jack Kerouac
991. **Relatividade** – Russell Stannard
992. **Abaixo de zero** – Bret Easton Ellis
993(24). **Andy Warhol** – Mériam Korichi
994. **Maigret** – Simenon
995. **Os últimos casos de Miss Marple** – Agatha Christie
996. **Nico Demo** – Mauricio de Sousa
997. **Maigret e a mulher do ladrão** – Simenon
998. **Rousseau** – Robert Wokler
999. **Noite sem fim** – Agatha Christie
1000. **Diários de Andy Warhol (1)** – Editado por Pat Hackett
1001. **Diários de Andy Warhol (2)** – Editado por Pat Hackett
1002. **Cartier-Bresson: o olhar do século** – Pierre Assouline
1003. **As melhores histórias da mitologia: vol. 1** – A.S. Franchini e Carmen Seganfredo
1004. **As melhores histórias da mitologia: vol. 2** – A.S. Franchini e Carmen Seganfredo
1005. **Assassinato no beco** – Agatha Christie
1006. **Convite para um homicídio** – Agatha Christie
1007. **Um fracasso de Maigret** – Simenon
1008. **História da vida** – Michael J. Benton
1009. **Jung** – Anthony Stevens
1010. **Arsène Lupin, ladrão de casaca** – Maurice Leblanc
1011. **Dublinenses** – James Joyce
1012. **120 tirinhas da Turma da Mônica** – Mauricio de Sousa
1013. **Antologia poética** – Fernando Pessoa
1014. **A aventura de um cliente ilustre** *seguido de* **O último adeus de Sherlock Holmes** – Sir Arthur Conan Doyle
1015. **Cenas de Nova York** – Jack Kerouac
1016. **A corista** – Anton Tchékhov
1017. **O diabo** – Leon Tolstói
1018. **Fábulas chinesas** – Sérgio Capparelli e Márcia Schmaltz
1019. **O gato do Brasil** – Sir Arthur Conan Doyle
1020. **Missa do Galo** – Machado de Assis
1021. **O mistério de Marie Rogêt** – Edgar Allan Poe
1022. **A mulher mais linda da cidade** – Bukowski
1023. **O retrato** – Nicolai Gogol
1024. **O conflito** – Agatha Christie
1025. **Os primeiros casos de Poirot** – Agatha Christie
1026. **Maigret e o cliente de sábado** – Simenon
1027(25). **Beethoven** – Bernard Fauconnier
1028. **Platão** – Julia Annas
1029. **Cleo e Daniel** – Roberto Freire
1030. **Til** – José de Alencar
1031. **Viagens na minha terra** – Almeida Garrett
1032. **Profissões para mulheres e outros artigos feministas** – Virginia Woolf
1033. **Mrs. Dalloway** – Virginia Woolf
1034. **O cão da morte** – Agatha Christie
1035. **Tragédia em três atos** – Agatha Christie
1036. **Maigret hesita** – Simenon
1037. **O fantasma da Ópera** – Gaston Leroux
1038. **Evolução** – Brian e Deborah Charlesworth
1039. **Medida por medida** – Shakespeare
1040. **Razão e sentimento** – Jane Austen
1041. **A obra-prima ignorada** *seguido de* **Um episódio durante o Terror** – Balzac
1042. **A fugitiva** – Anaïs Nin
1043. **As grandes histórias da mitologia greco-romana** – A. S. Franchini
1044. **O corno de si mesmo & outras historietas** – Marquês de Sade
1045. **Da felicidade** *seguido de* **Da vida retirada** – Sêneca
1046. **O horror em Red Hook e outras histórias** – H. P. Lovecraft
1047. **Noite em claro** – Martha Medeiros
1048. **Poemas clássicos chineses** – Li Bai, Du Fu e Wang Wei
1049. **A terceira moça** – Agatha Christie
1050. **Um destino ignorado** – Agatha Christie
1051(26). **Buda** – Sophie Royer
1052. **Guerra Fria** – Robert J. McMahon
1053. **Simons's Cat: as aventuras de um gato travesso e comilão – vol. 1** – Simon Tofield
1054. **Simons's Cat: as aventuras de um gato travesso e comilão – vol. 2** – Simon Tofield
1055. **Só as mulheres e as baratas sobreviverão** – Claudia Tajes
1056. **Maigret e o ministro** – Simenon
1057. **Pré-história** – Chris Gosden
1058. **Pintou sujeira!** – Mauricio de Sousa
1059. **Contos de Mamãe Gansa** – Charles Perrault
1060. **A interpretação dos sonhos: vol. 1** – Freud

1061. **A interpretação dos sonhos: vol. 2** – Freud
1062. **Frufru Rataplã Dolores** – Dalton Trevisan
1063. **As melhores histórias da mitologia egípcia** – Carmem Seganfredo e A.S. Franchini
1064. **Infância. Adolescência. Juventude** – Tolstói
1065. **As consolações da filosofia** – Alain de Botton
1066. **Diários de Jack Kerouac – 1947-1954**
1067. **Revolução Francesa – vol. 1** – Max Gallo
1068. **Revolução Francesa – vol. 2** – Max Gallo
1069. **O detetive Parker Pyne** – Agatha Christie
1070. **Memórias do esquecimento** – Flávio Tavares
1071. **Drogas** – Leslie Iversen
1072. **Manual de ecologia (vol.2)** – J. Lutzenberger
1073. **Como andar no labirinto** – Affonso Romano de Sant'Anna
1074. **A orquídea e o serial killer** – Juremir Machado da Silva
1075. **Amor nos tempos de fúria** – Lawrence Ferlinghetti
1076. **A aventura do pudim de Natal** – Agatha Christie
1077. **Maigret no Picratt's** – Simenon
1078. **Amores que matam** – Patricia Faur
1079. **Histórias de pescador** – Mauricio de Sousa
1080. **Pedaços de um caderno manchado de vinho** – Bukowski
1081. **A ferro e fogo: tempo de solidão (vol.1)** – Josué Guimarães
1082. **A ferro e fogo: tempo de guerra (vol.2)** – Josué Guimarães
1083. **Carta a meu juiz** – Simenon
1084(17). **Desembarcando o Alzheimer** – Dr. Fernando Lucchese e Dra. Ana Hartmann
1085. **A maldição do espelho** – Agatha Christie
1086. **Uma breve história da filosofia** – Nigel Warburton
1087. **Uma confidência de Maigret** – Simenon
1088. **Heróis da História** – Will Durant
1089. **Concerto campestre** – L. A. de Assis Brasil
1090. **Morte nas nuvens** – Agatha Christie
1091. **Maigret no tribunal** – Simenon
1092. **Aventura em Bagdá** – Agatha Christie
1093. **O cavalo amarelo** – Agatha Christie
1094. **O método de interpretação dos sonhos** – Freud
1095. **Sonetos de amor e desamor** – Vários
1096. **120 tirinhas do Dilbert** – Scott Adams
1097. **124 fábulas de Esopo**
1098. **O curioso caso de Benjamin Button** – F. Scott Fitzgerald
1099. **Piadas para sempre: uma antologia para morrer de rir** – Visconde da Casa Verde
1100. **Hamlet (Mangá)** – Shakespeare
1101. **A arte da guerra (Mangá)** – Sun Tzu
1102. **Maigret na pensão** – Simenon
1103. **Meu amigo Maigret** – Simenon
1104. **As melhores histórias da Bíblia (vol.1)** – A. S. Franchini e Carmen Seganfredo
1105. **As melhores histórias da Bíblia (vol.2)** – A. S. Franchini e Carmen Seganfredo
1106. **Psicologia das massas e análise do eu** – Freud
1107. **Guerra Civil Espanhola** – Helen Graham
1108. **A autoestrada do sul e outras histórias** – Julio Cortázar
1109. **O mistério dos sete relógios** – Agatha Christie
1110. **Peanuts: Ninguém gosta de mim... (amor)** – Charles Schulz
1111. **Cadê o bolo?** – Mauricio de Sousa
1112. **O filósofo ignorante** – Voltaire
1113. **Totem e tabu** – Freud
1114. **Filosofia pré-socrática** – Catherine Osborne
1115. **Desejo de status** – Alain de Botton
1116. **Maigret e o informante** – Simenon
1117. **Peanuts: 120 tirinhas** – Charles Schulz
1118. **Passageiro para Frankfurt** – Agatha Christie
1119. **Maigret se irrita** – Simenon
1120. **Kill All Enemies** – Melvin Burgess
1121. **A morte da sra. McGinty** – Agatha Christie
1122. **Revolução Russa** – S. A. Smith
1123. **Até você, Capitu?** – Dalton Trevisan
1124. **O grande Gatsby (Mangá)** – F. S. Fitzgerald
1125. **Assim falou Zaratustra (Mangá)** – Nietzsche
1126. **Peanuts: É para isso que servem os amigos (amizade)** – Charles Schulz
1127(27). **Nietzsche** – Dorian Astor
1128. **Bidu: Hora do banho** – Mauricio de Sousa
1129. **O melhor do Macanudo Taurino** – Santiago
1130. **Radicci 30 anos** – Iotti
1131. **Show de sabores** – J.A. Pinheiro Machado
1132. **O prazer das palavras** – vol. 3 – Cláudio Moreno
1133. **Morte na praia** – Agatha Christie
1134. **O fardo** – Agatha Christie
1135. **Manifesto do Partido Comunista (Mangá)** – Marx & Engels
1136. **A metamorfose (Mangá)** – Franz Kafka
1137. **Por que você não se casou... ainda** – Tracy McMillan
1138. **Textos autobiográficos** – Bukowski
1139. **A importância de ser prudente** – Oscar Wilde
1140. **Sobre a vontade na natureza** – Arthur Schopenhauer
1141. **Dilbert (8)** – Scott Adams
1142. **Entre dois amores** – Agatha Christie
1143. **Cipreste triste** – Agatha Christie
1144. **Alguém viu uma assombração?** – Mauricio de Sousa
1145. **Mandela** – Elleke Boehmer
1146. **Retrato do artista quando jovem** – James Joyce
1147. **Zadig ou o destino** – Voltaire
1148. **O contrato social (Mangá)** – J.-J. Rousseau
1149. **Garfield fenomenal** – Jim Davis
1150. **A queda da América** – Allen Ginsberg
1151. **Música na noite & outros ensaios** – Aldous Huxley
1152. **Poesias inéditas & Poemas dramáticos** – Fernando Pessoa
1153. **Peanuts: Felicidade é...** – Charles M. Schulz
1154. **Mate-me por favor** – Legs McNeil e Gillian McCain
1155. **Assassinato no Expresso Oriente** – Agatha Christie
1156. **Um punhado de centeio** – Agatha Christie
1157. **A interpretação dos sonhos (Mangá)** – Freud
1158. **Peanuts: Você não entende o sentido da vida** – Charles M. Schulz
1159. **A dinastia Rothschild** – Herbert R. Lottman
1160. **A Mansão Hollow** – Agatha Christie
1161. **Nas montanhas da loucura** – H.P. Lovecraft
1162(28). **Napoleão Bonaparte** – Pascale Fautrier
1163. **Um corpo na biblioteca** – Agatha Christie